我們來追劇！

必追的中國戲曲十大經典故事

桂文亞——著
陳昕——繪

目錄

作者序

書窗共讀好時光

桂文亞

喜歡看電影嗎？在劇院裡觀賞過舞臺劇、音樂劇、京劇或是話劇嗎？當我還是學生的時候，曾先後在電影院看過莎士比亞原著改編成的《羅密歐與茱麗葉》和《馴悍記》；成年後也曾出入劇院，欣賞過京劇《竇娥冤》、《趙氏孤兒》和崑曲《西廂記》的演出，此外還包括以京劇形式搬演的莎翁戲劇《哈姆雷特》（也稱《王子復仇記》）及充滿歡樂夢幻趣味的兒童音樂劇《仲夏夜之夢》呢！

《必追的中國戲曲十大經典故事》和《必追的莎士比亞十大經典故事》

這兩本書的出版，正是取材自經典戲劇的故事集。寫作動機來自我從小對戲劇表演及閱讀的興趣，其中最富挑戰性和感謝的，就是研讀期間，邀請摯友——戲劇學家汪其楣教授，指導閱讀中國戲劇史上最具代表性的十個文言文劇本，並改寫成朗朗上口的白話文。

首先，得讀懂這些有點難度的古文，然後從「落落長」的對白中，尋找重點改寫成白話文。其中第一個故事〈宦門子弟錯立身〉，是現存中國戲劇中最早的三個劇本之一，其他九個故事選自元朝，原著作者包括關漢卿的〈感天動地竇娥冤〉、鄭光祖的〈迷青鎖倩女離魂〉和王實甫的〈西廂記：崔鶯鶯和張君瑞的故事〉等。

這些劇本文字典雅生動，除了篇幅不短，難字及典故都特別多，除了截長取短，還要改寫成通暢流利又不「摻水」的白話文，此時，就有賴汪其楣老師的豐富學養，對劇中角色予以分析解疑，深入淺出的講解，不但增強了我的賞析能力，下筆也順暢起來了。

相對於中國戲曲故事，《必追的莎士比亞十大經典故事》改寫相對輕鬆。莎士比亞一生寫過三十八個劇本，因為早有公論，選出十個代表作不難，除了四大悲劇《李爾王》、《馬克白》、《奧賽羅》和《王子復仇記》外，也不錯過《威尼斯商人》、《馴悍記》、《仲夏夜之夢》和《羅密歐與茱麗葉》。這些經典名篇的精采處，就是犀利幽默又優美的對白，處處藏著機鋒和哲思，對於人性的貪婪自私、權力慾望、仁慈博愛……多有著生動深刻的刻畫。當然，其中主要參考書籍包括了朱生豪先生和梁實秋先生的譯本，以及英國詩人、小說家查理・蘭姆（Charles Lamb）為青少年改寫的《莎士比亞故事集》中文譯本和汪老師的指導。這兩本書完成後，曾先後在一九八四年和一九八七年由民生報出版。

為求內容更豐富完整，書中也介紹了莎士比亞生平，以及當時劇場演出情況和演員服裝等資料。

歷經多年，這套故事集又有了嶄新面世的機會，這不但肯定了閱讀中外經典的意義和價值，也見證了自己「不忘初心」——至今仍堅守在兒童文學寫作及推廣的崗位上，心中滿是快慰和感謝！

導讀

追劇如追日，每天都有新鮮的感受

許建崑　東海大學中文系教授

人生如戲，戲如人生。愛看戲的人，該知道「戲」是怎麼開演？

最早的人類，他們採擷、捕魚、狩獵，或者戰爭歸來，在營火旁手舞足蹈的述說經過，有時候也用歌唱的方式來表達。用肢體表演的叫做「劇」，如果再加入唱歌的元素，就像是「歌劇」。在希臘，最早的表演場是一個人「獨秀」，如果他飾演一個王子，要呼喚所喜愛的公主，公主卻不在現場，該怎麼辦呢？他們在舞臺旁邊，安排一個五十人的歌唱團，代替「公主」，一同向王子回話。

劇場裡察覺需要第二個角色，來與主角演出對手戲，可以是男女戀人、兄弟朋友，也可以是冤家敵人。最常見的搭檔，是一個聰明人欺負一個愚笨人，像隋、唐之間的「踏搖娘」、「參軍戲」；後來發展成「相聲」，如吳兆南、魏龍豪的演出；早期電影《王哥、柳哥遊臺灣》、好萊塢《勞萊與哈台》、卡通《貓鼠兄弟》，《星際大戰》裡「阿圖與區皮歐」，也都有類似的組合。

到了宋代，因應觀眾的渴望，從說唱的鼓子詞、諸宮調，加入南方戲的特色，有了故事、人物動作、歌曲唱腔，所以稱作「南戲」，延續到元、明兩代；而我們現在看得見的「劇本」，大部分都是經過明代刊刻流傳後，才成為定本。

元代是由外族入主，個性比較強悍，感情表達直接而熱烈，他們不習慣南方緩慢的歌聲與節奏，因此限定戲的長度，並且加入北方音樂，演化成「雜劇」。

「一本四折」，是「元雜劇」的固定形式。與希臘早期的表演類似，只有男主角（末）或女主角（旦）其中一人，才有唱詞，所以有「末本」、「旦本」的區分。其他的配角只有旁白，負責對話和表演而已。一齣戲為什麼要分為四折呢？會不會像是「起、承、轉、合」的鋪排呢？有時候在四折的前、中、後，加入「楔子」（嵌入家具卡榫上的小木片），來使故事銜接緊密。以《竇娥冤》為例，竇天章進京赴考把女兒託給蔡婆，作為楔子；第一折，賽盧醫謀害蔡婆，為張驢兒父子所救，因此引狼入室；第二折，張驢兒想要藥死蔡婆，沒想到是自己的父親喝了毒藥；第三折，受冤屈的竇娥受刑；第四折，竇天章夜間審查案件，竇娥鬼魂出現，向父親申冤。可以知道，這是個「旦本」，由竇娥主唱。竇天章只有在楔子中唱了一句詞，以後就沒有再唱，算是個小插曲，不影響「規矩」。

但是這些「規矩」隨著時代而演變，如《張生煮海》，看似以龍女為主的「旦本」，不讓男主角開口唱歌，也有些遺憾，因此安排一折讓張生主唱，一折以男女對唱。到了王實甫的《西廂記》，他把故事拉長為「五本廿一折」，張生、鶯鶯能獨唱、對唱，連紅娘和長老的徒弟惠明，也加入「歌唱」的行列。顯然他是以「南戲」冗長委婉的特質，多個角色分擔唱工，羼入「元雜劇」當中。

有關戲曲的表演，各代都有變異，到了現代「崑曲」或地方戲劇，也都有不同的表演方式，但所扮演的故事內容，還是一成不變啊！因此，桂文亞以現代人可以接受的倫理、愛情觀念，來為我們編寫再創。

文亞編寫的十篇故事，不僅保留元代戲劇的特質，還有個精緻的組合。首篇《錯立身》，寫官家子弟愛上的演戲的少女，不惜離家出走，跟著劇團演戲，備嘗辛苦，最後得到父親的諒解。藉由這則故事，打開進入元代戲曲的大門，還會讓人聯想日本川端康成《伊豆的舞孃》，大學生在旅行途中追隨劇團，只為了劇團中一個美麗的女孩。

《張生煮海》、《倩女離魂》，都是寫男女天真大膽的熱戀，不顧社會制度攔阻，連靈魂脫了竅，也要跟心愛的人在一起。俗語說「愛著卡慘死」，大概是這個意思吧！王實甫的《西廂記》，是根據唐代元稹的〈鶯鶯傳〉改寫，原本是委婉含蓄沒有結果的愛情，藉著鶯鶯夜間聽琴和張生草橋店夜夢的情節，來表現兩人「心有所屬」，讓人覺得纏綿悱惻！

《秋胡戲妻》雖然放棄妻子自殺的結局，改成母親以死要脅，讓妻子原諒了秋胡，但還是讓人生氣。秋胡為了事業離家多年，回家途中，竟然在桑園調戲女子，等回到家裡，才知道那女子原來就是自己的妻子。這是個家庭倫理劇吧！儘管妻子原諒了秋胡，觀眾和讀者可不輕饒他呀！

有四個故事屬於社會劇。《生金閣》是包公夜審無頭鬼郭成，好不恐怖！《虎頭牌》寫出馬弁武人喝酒誤事的醜態，真真好笑！《貨郎旦》中，李彥和好色，導致家破，幸虧奶媽張三姑將七歲的孩子春郎交給完顏拈各，自己跟隨賣雜貨的老人學習說唱。十三年後，否極泰來，一家人神奇的相會，一定吊足大家的胃口。《趙氏孤兒》有春秋時代的歷史背景，很早就被翻譯成法文、英文而名揚海外。為了一個小嬰兒，屠岸賈追殺國內所有的嬰兒，這與埃及法老追捕新生兒的摩西，情節極為類似，到底是誰抄誰？也說不準。

文亞下筆謹慎，掌握純熟的語言，也精準的表現原作滋味。她喜歡說：「為孩子寫作，不要害怕文字太深。就像把東西擺高一點，讓孩子踮著腳尖才搆得到；得到了，反而珍貴。」我更相信，隨著年歲增長，重覆來看這十篇故事，可以愈看愈有心得。彷彿追日，每一天日出的勝景都不一樣，永遠有新鮮的感受！

1 宦門子弟錯立身

原著／古杭才人

夏日午後，完顏壽馬獨坐書桌前，若有所思。窗外，楊柳隨風款擺，蝴蝶雙雙對對，小鳥鳴唱，花香撲鼻。

壽馬的父親是河南府同知❶，官位很高。照理說，身為宦門子弟，他應該努力讀書，求取功名，不辱門楣才是。偏偏，壽馬一拿起書本就打瞌睡，除了戲曲，其他都沒有興趣。

壽馬對戲曲的愛好，可以說是到了狂熱的地步。時興的戲碼，無論詞、曲、唱腔，他不但瞭若指掌，倒背如流，甚至在家一有空閒，就揮舞著扇子，甩起袖子，又唱又演，恨不得上戲臺表演。

注❶ 河南府，即宋朝時的西京洛陽。同知，官職名。

這幾天，一個跑江湖的小戲班到縣城賣藝，他不但興沖沖的捧場看戲，還對女主角王金榜一見鍾情。

這位金榜小姐，不但戲好人美，個性也很溫柔善良。在壽馬心中，可以直追「三十三天天上女，七十二洞洞中仙」，真好比天上仙女下凡塵！

「老管家，你替我想想辦法，把王小姐請到書院來。」成天茶不思，飯不想的，也不是辦法，壽馬於是把老管家喚過來。

「少爺，這不大好吧！要是給老爺知道，不但害了你，也連累我。」老管家駝著背，心裡頭嘀咕著：「這位寶貝大少爺，可又要給我找麻煩了。」

「去！去！出了事有我擔著！」壽馬心急如焚，一心只想會佳人。

王金榜最近的心情也不平靜，做什麼事都是懶洋洋的，提不起勁兒。自從認識了完顏壽馬，她就被他溫文爾雅、風趣活潑的氣質給吸引住了。

「金榜，演戲的廣告早就掛上了，你怎麼還拖拖拉拉的不去準備！」

「人家今天不舒服，不想去嘛！」王金榜沒精打采的托著腮幫子。

「又怎麼啦？」王大娘一把推開簾子，急急進房來問。王金榜見了母親，就裝出頭疼、牙疼、胃疼的模樣，其實她不過是犯了相思病罷了。

正在這個時候，老管家來了：「王老爹、王大娘，我家老爺在家裡辦酒席，想請王小姐來為來賓表演。」

這其實是老管家編的理由，但王老爹、王大娘不疑有他，就叫女兒跟著到府裡去。王金榜知道找她的其實是壽馬，心中暗喜，就頭不疼，牙不疼，胃也不疼了，高高興興的去啦！

「你一似蕭何不赴宴，架子大得好難請。」

「害瞎的去尋羊，小哥，你好難見。」

這一對小情人，見了面就先拌嘴。

「小姐，已經兩天不見，叫我好生想念。」

「我早就想來了，又怕你爹知道。」

「我瞞了他老人家。」壽馬興致勃勃的說：「每天讀書真沒趣，咱們來唱戲解悶怎麼樣？」

「好啊！」金榜拍手贊成。

於是兩人一搭一檔，忘我的又唱又舞，一下表演〈孟姜女千里送寒衣〉，一下表演《趙氏孤兒》……玩得不亦樂乎。

「膽大包天！沒出息的傢伙！原以為你在書房好好讀書，沒想到是在這裡胡鬧！」

一聲巨喝，像暴雷一樣的嚇人。原來是完顏同知，這天剛好心血來潮，想到後院瞧瞧兒子究竟有沒有專心讀書。沒想到，雙腳一踏進書院門，居然看見兒子和一個陌生女子在唱歌跳舞，差點就被氣死！

「你這個女的跑來這裡幹什麼？來人啊！給我趕出去！」

解釋不清的王金榜，就在這種情況下給趕出了完顏府。連帶遭殃的，戲班子也被拆了，王家戲班只得離開縣城，到別處謀生。

「衝州撞府粧旦色❶
走南投北俏郎君
戾家行院學踏爨❷
宦門子弟錯立身❸」

注❶ 意思是奔走來往於大城小鎮，在各地粉墨登場。
注❷ 戾家，指外行人。踏爨，指演戲。
注❸ 錯立身，意思是生錯了地方、投錯了胎。

完顏老爺在盛怒之餘，命令家人把兒子鎖起來，不准他走出書房一步。

壽馬受了打擊，又傷心又氣惱：「我既見不到女朋友，又不能做自己喜歡做的事，這樣活著又有什麼意思？還不如死了算了！」

老管家見壽馬尋死覓活的，忍不住罵他一頓：「千日在泥，不如一日在世。你這孩子怎麼這麼沒有志氣？我勸你啊，不如出去闖一闖，為自己開創前程。」

於是，在一個沒有星星和月亮的夜晚，壽馬聽從老管家的建議，悄悄收拾了一個隨身包袱，離家出走。

完顏壽馬是個嬌生慣養的官家少爺，哪吃過什麼苦？不用多久，身上銀子就花光了，落得三餐不繼、落魄街頭，一身綢緞衣裳又髒又臭，像個乞丐似的，可憐極了。

這天，壽馬又餓又累的走到另一個縣城，正在一家茶坊門口徘徊，忽然看見王金榜的名字掛在茶館門口，他不禁感到欣喜，可是心裡頭又有點酸溜溜的，就故意走進茶館，去會會正在這裡演唱的王金榜。

王金榜猛然見到朝思暮想的情人，心裡不自覺一熱，嘴巴卻說出：「你這個人怎麼搞的嘛！這麼難看！」

壽馬沒想到王金榜一見面就說出這樣的話來，也不甘示弱的反脣相譏：「老鼠咬了葫蘆藤，小姐你好快嘴！」

這一對相愛的戀人，表面上嘴硬，見面爭吵了幾句，但很

快也就言歸於好了。

王金榜求她爹收留壽馬，王大爹卻鼻孔朝天，一臉沒好氣的說：「我要招個做雜劇的女婿，你行嗎？」

「行！行！王大爹，我一向最愛唱戲！」

「你會些什麼戲？倒說來聽聽。」

「《關大王獨赴單刀會》、《管寧割蓆》、《相府院扮張飛》……」他知道的可真不少。

「我女兒不嫁做雜劇的，只嫁個做院本❶的。」王大爹有心為難。

「我會做《四不知》、《雙鬥醫》、《馬明王村里會佳期》……」

「都不招別的，只招個寫掌記❷的。」

「我一枝筆又快又好，不但會謄會抄，還能寫能編。」壽馬很有自信的說。

「我要招個打鼓吹笛的。」王大爹又改變主意了。

「我彈得、吹得、打得、舞得。我雖然是個做官人家的兒子，也做得了您唱戲人家的女婿！」

王大爹看他一片誠意，有心要成全他，就說出最後一個條件：「你一心想和我的女兒在一起也可以，就怕你背不動戲箱行李，吃不了苦。」

注❶ 雜劇與院本，都是宋金時代的劇種名稱。

注❷ 指編、寫、謄、抄劇本的人。

壽馬拍拍胸膛說：「怕什麼？我都敢男扮女裝，粉墨登場了，要我背著行李大城小鎮的巡迴演出，又有什麼問題？」

這下子，王大爹可沒話說了，招了完顏壽馬為婿，帶著這個家庭戲班，行南走北，賣藝江湖。

這樣的生活雖然很刺激，卻不見得輕鬆。

「唉！想當初在家是心肝寶貝小少爺，如今連挑夫都不如。這些行頭箱子，累得我腰瘦背疼、全身無力。要是給親戚朋友知道了，豈不是要笑破肚子？」

壽馬一腳低一腳高的趕著路，身旁雖有嬌妻一再安慰，也減輕不了他旅途賣藝之苦，以及對家鄉的思念。

就在他自怨自艾時，一聲熟悉的驚呼令他大吃一驚：「前面走著的青年，不正是我苦苦尋找的孩兒嗎？」

「這不是我的爹爹嗎？」完顏壽馬把行李擔一丟，連滾帶跑迎上前去。

原來，完顏老爹奉朝廷之

命，巡迴民間，探訪民情。他也就趁這個機會四處探訪，尋找離家多時的兒子。

「兒啊！」

「爹爹啊！」

感謝老天爺的幫忙，這回父子可終於團圓了。完顏壽馬終於重回宦門府，還娶回了美嬌娘呢！

走進雜劇的勾欄瓦舍

〈宦門子弟錯立身〉原是宋元時期的南戲作品，由「古杭書會」的「才人」編寫。「書會」是南宋時期編撰話本、戲曲的地方，在書會裡的「才人」，就是我們現在稱為編劇、劇作家的創作者。

故事裡，官宦子弟愛上社會地位卑微的女主角，挑戰了男尊女卑、階級分明的封建制度，另一方面，男主角跳出追求仕途的框限，展現勇於追求自我的精神。

作者在劇名上雖然用「錯」這個字，來表現男主角走錯了路，但從劇情描寫來看，卻能看出作者對主角的選擇是鼓勵且贊同的。個人信念的「對」，普世偏見的「錯」，讓整個故事讀來別具趣味。

在沒有劇場、戲院的那個年代，勾欄、瓦舍，就是民間演劇、娛樂的場所。這個單元，為每個故事提供背景知識補充。

字畝編輯部

2 感天動地竇娥冤

原著／元・關漢卿

竇天章是個秀才，自從太太死後，便獨自帶著七歲的女兒端雲，流落在楚州居住。

由於生活窮困，欠了寡婦蔡婆婆四十兩銀子，無論如何都還不出來，最後只得聽從蔡婆婆的建議，把女兒送給蔡家做童養媳，再自個兒外出，求取功名前程。

時光匆匆，端雲到了蔡婆婆家轉眼已經十三年。她改了小名，叫竇娥；十七歲那年成了親，不幸結婚不到兩年，先生就生病死了，如今和婆婆兩人相依為命，仍然靠放債過日。

城裡有個姓盧的大夫，外號「賽盧醫」，欠了蔡婆婆二十

兩銀子老不還。

「銀子不放在家裡，這樣吧！你跟我到城裡藥鋪拿。」蔡婆婆急著討債，便跟著往城裡走，卻不知賽盧醫走到四下無人處，起了歹念。

「婆婆，有人在喊您呢！」

「在哪裡？」蔡婆婆一回頭，賽盧醫便趕緊把藏在袖子裡的繩子掏出，往蔡婆婆脖子上一套，想把她活活勒死。

「不好了，殺人啦！」沒想到，一對父子正好路過看見，便喊叫起來。賽盧醫慌忙把手一鬆，嚇得逃走了。

這對路人姓張，兒子叫做驢兒。蔡婆婆慢慢醒了過來，向他倆說明了遇害經過，張驢兒居然異想天開，把張老頭拉過一邊：「爹，您可是聽清楚了？這婆婆家還有個媳婦哩！救她性命，少不得要謝我們，不如你娶了這婆婆，我娶她媳婦兒，豈不剛剛好？」這父子倆可真是一對無賴漢。

「什麼話！」蔡婆婆聽了直搖頭：「要謝救命之恩，等我回家，多拿些銀子給你們。」

張驢兒凶著一張臉：「賽盧醫的繩子還在，不答應就勒死你！」

蔡婆婆心裡頭害怕，可實在不想再死一次，便讓張驢兒父子跟隨到家。

「這怎麼使得？」竇娥不同意婆婆這麼做：「我們家裡又

不是沒飯吃、沒衣穿，也不是欠了錢債。何況我們是寡婦人家，凡事也要避嫌，怎好收留張驢兒父子兩個？非親非故的，豈不惹外人談議？」

「你不要再說了，他爺兒兩個都在門口等候，事已至此，我們就答應了吧！」

「要嫁您自己嫁吧！我不嫁。」竇娥神色堅持：「您不要背地裡亂許了親事，連累我不乾不淨的。」

蔡婆婆是個三心二意的人，害怕軟弱之餘，也顧不得羞恥，便把這對父子迎到家中，供吃供喝。

竇娥萬分不願意，又有什麼辦法呢？做媳婦的能不聽婆婆的話嗎？張驢兒老想打她的主意，她曾經狠狠的把他推倒在地：「沒丈夫的女人就非得嫁嗎？」

張驢兒可不死心。這天，他走進賽盧醫的藥鋪，開口就是：「買一包毒藥。」

「你這人膽子好大，誰敢賣毒藥給你！」

「你仔細看看我是誰？前些時要謀害蔡婆婆的，不就是你嗎？不給毒藥，我拖你見官去！」

賽盧醫嚇壞了，趕緊把毒藥給了張驢兒。為了怕被牽連，還連夜把藥鋪關了，搬到涿州賣老鼠藥。

蔡婆婆生了病，連好幾天躺在床上，想吃點羊肚湯，於是竇娥便把羊肚湯煮好，端給婆婆吃。

「再加點鹽和醋。」張驢兒趁竇娥到廚房去拿調味料，把毒藥倒進湯裡。

「我有點反胃，不想喝湯了。」蔡婆婆忽然改變了主意。

「這麼香的湯，你不喝，我喝。」張老頭倒是嘴饞，拿起一旁的羊肚

湯喝了下去，突然一陣昏昏沉沉，咕咚一聲，便倒地不起了。

「竇娥！你毒死了我老子！」張驢兒可沒料到死錯了人。

「我哪裡有毒藥？明明是你想害我娘，沒想到喝湯的是你爹！」

「誰會相信兒子想殺老子？」張驢兒可真是無恥到底了。

「你想怎樣？」蔡婆婆慌得不知如何是好。

「想官休？還是私休❶？」張驢兒問竇娥。

注❶ 官休是上法院，私休是私下和解。

「你要官休，便拖你到衙門拷打，像你這麼瘦弱，不招也難。你要私休嘛，就是你早些做我老婆，倒也便宜了你！」

「我又沒有毒死你老子，情願和你見官去。」竇娥一點也不害怕。

偏偏見的這個官，楚州太守桃杌，是個收了賄賂的貪官，當然不會聽竇娥的申述。還為了逼供，無情的棍棒打在竇娥身上，一次又一次打得她皮開肉綻，但她還是不肯接受這個誣陷的罪名。

「不是你殺的嗎？好，那就是你婆婆了。看我派人打你婆婆！」太守下令。

竇娥回頭看看白髮斑斑、老淚縱橫的婆婆，心想她雖然糊塗軟弱，但一直是個老好人。自己自小受她照料，這麼多年來彼此相依為命，實在不忍再讓年邁體衰的老人家受到這種皮肉之苦。

「婆婆啊！我若是不死，又怎麼救得了你呢？」與婆婆相擁痛哭後，竇娥也只得對堂上說：「別打我婆婆，我招認就是了。」

孝順的竇娥，就這樣被判了死罪。

六月天，太陽火辣辣的，法場上，竇娥披枷戴鎖，即將被斬首示眾。竇娥定定的站在毒陽下，內心的冤屈如波濤洶湧。

「你還有什麼心願未了？」監斬官問。

「給我一塊乾淨的蓆子，讓我站在上面；給我一幅一丈二

尺長的白練❶，掛在旗鎗上。如果我是冤枉的，刀過頭落，一腔熱血就都會飛在這幅白絲練上！我死後，還會天降三尺瑞雪，遮掩我的屍體為我送葬！」

「胡說！這麼熱的天，就算你有沖天的怨氣，也召不到一片雪！」監斬官喝斥道。

「大人！」竇娥哀哀一嘆：「我竇娥死得實在冤枉，從今以後，老天會讓楚州乾旱三年！」

突然間，怪事發生了。白花花的大晴天，突然陰暗下來了，一陣冷風吹過，叫人的心猛打冷顫。明明是六月天，怎麼會有白皚皚的雪花，輕輕飄蕩在悲哀的空氣裡？竟然真的下雪了！刀過頭落，竇娥的鮮血竟直直噴上，染紅了白練。

從那天開始，楚州沒有下過一滴雨，整整大旱三年。

同一年，竇天章來到楚州。

如今，他已經是個掌管獄政的官員了。離開女兒十六年，日日思念，視力衰退了，頭髮斑白了，他也曾派人到蔡婆婆家尋訪，卻因為她們搬了家，以致音訊全無。

深夜，竇天章在書房裡翻閱楚州的舊檔案，無意中翻到〈竇娥藥死公公〉一卷。「唉！想不到姓竇的家也出這種惡人……」

注❶ 白色的絲絹條。

這時的竇天章，並不知道女兒已經改了名。揉揉眼睛，順手把卷宗壓下，想伏案休息一會兒。矇朧間，他看見女兒幽幽的浮現，悲戚的模樣似有滿腔的心事。

「這是什麼夢啊！」竇天章驚醒了，又繼續翻閱檔案。

咦！〈犯人竇娥藥死公公〉這宗文卷，剛剛明明壓在下面，怎麼又出現了？竇天章再把文卷壓回去，這時候，桌案前的燈忽明忽滅的，他起身剔燈，回坐，竟發現剛才壓回去的文卷又端端正正的翻開在眼前：「莫非是有冤情？」

竇天章正兀自驚疑，赫然看見一個鬼魂現身。啊！這鬼

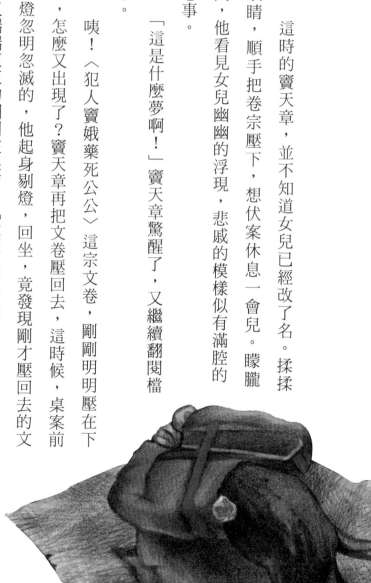

魂，不就是他日日思念的女兒端雲嘛！

改名為竇娥的端雲，向父親深深一拜，便娓娓道來自己含冤受害的

經過。竇天章仔細的聽，心痛如絞：「可憐的孩子，讓爹為你做主！」

第二天，他把張驢兒、賽盧醫、蔡婆婆和太守桃杌，統統提來問話。

張驢兒原本還想抵賴呢，卻被出現的竇娥鬼魂嚇得當場直喊：「有鬼！有鬼！」

案情終於水落石出，張驢兒被判了死罪，太守則被罰打一百大板，終身免職，賽盧醫充軍遠方，蔡婆婆則依竇娥要求，由竇天章照顧。

竇娥的罪名，也因此得以洗清了。也許今天，也許明天，雨水就會輕輕的落在楚州乾渴的黃土上吧？

走進雜劇的勾欄瓦舍

〈感天動地竇娥冤〉作者關漢卿，與馬致遠、鄭光祖、白樸，並稱為「元曲四大家」，精通琴、棋、書、畫，對戲劇的熱愛更是到了願意粉墨登臺的程度。他畢生創作了五十七首小令、十三套曲，還編寫了六十五部雜劇，是中國文學史上了不起的劇作家。

這個故事源自《列女傳》的「東海孝婦」：年輕貌美的寡婦竇娥，受到惡棍覬覦逼迫改嫁，她抵死不從，沒想到卻被誣告入獄，甚至被貪官屈打成招、斬首示眾。

關漢卿將元代社會的階級壓迫、種族歧視等問題融入劇作中，為被欺壓的廣大弱勢人民發聲。

3 沙門島張生煮海

原著／元．李好古

天色漸漸向晚，夕陽的餘暉，淡淡斜照在石佛寺高大的門牆上。不遠處，一波波浪濤拍打著岩石，翻飛著美麗的浪花。這座百年古剎❶，位於東海岸邊，不但建築古樸，環境也極為幽靜。

沿著長滿青苔的小徑，張生一面吟詩，一面閒閒踱步。深秋了，紅色的楓葉在晚風的吹拂下，輕輕的、溫柔的飄落在他的頭髮和衣服上。張生是個年輕俊秀的書生，自小父母雙亡，孑然一身，四處為家。不久前，路過這座隱僻的古寺，便借住了下來。讀讀書，彈彈琴，倒也安恬愉快。

注❶ 年代久遠的寺廟。

這夜，張生點了燈，焚上香，在書房中彈琴，他懷著無限嚮往，唱道：「今宵燈下彈三弄，可使游魚出聽無？」而晚風，就輕送著美妙的琴聲，一直傳到海邊。

「是誰在彈琴？好美的琴音！」正巧，東海龍王的三女兒瓊蓮，正在丫鬟梅香、翠荷的陪侍下，出海夜遊。

「小姐，我們去看看！」兩個丫鬟也被琴音迷惑了。

三人悄悄一路循聲而來，終於瞧見了一表人才、溫文爾雅的張生，在燈下彈著琴。

「他一字字情無限，一聲聲曲未終，高山流水，韻味無窮！」瓊蓮暗自讚賞著高妙的琴技，欣賞著琴音裡流露的情感，不知不覺動了心。

忽然，「啪」的一聲，琴弦斷了。

「是誰？是誰在偷聽！」張生收斂心神，起身尋找。瓊蓮一時走避不及，便被他給撞見了。

「啊！好一位貌似天仙的小姐！」張生又驚又喜：「請問是哪家的小姐？夜這麼深了，怎麼還流連在外？」

「我家嗎？」龍王公主據實以告：「家住碧雲空、綠波中，有披鱗帶角相隨從，深居富貴水晶宮。我是海中龍氏三娘，小字瓊蓮，因公子琴音高妙，不禁到此聆聽。」

「小姐既然是為了聽琴而來，那想必是懂音樂的人了。何不到書房中坐下，讓我為你獻上一曲？」張生因獲得知音而欣喜。

這一對因琴音而初識的才子佳人，才見過一面便相互鍾情，萌生起濃濃的愛意。

「小姐如果不嫌棄，願意嫁我為妻嗎？」

「好是好，」瓊蓮羞紅了臉頰：「不過，我還得先稟告了父母。」

「這樣吧！八月十五日中秋節，請公子到龍宮裡來求親。」

說完，取出了一條冰蠶織成的鮫綃❶絲帕交給張生做為信物，便飄然離去了。

意亂情迷的張生哪裡等得及八月十五呢？第二天破曉，就匆匆收拾行囊，奔向海邊。只是，大海茫茫，波濤洶湧，極目望去，無涯無岸，哪裡才是龍宮的所

注❶ 是傳說中人魚所織的絲絹、薄紗。

在呢？

張生正愁得不知如何是好時，迎面來了一位仙姑。

「讓我來問問路吧！」張生把前因後果詳述了一遍，請求仙姑指點迷津。

「小兄弟，你要知道龍王不是好惹的啊！」仙姑說：「當他把牙爪張開，頭角抬起，就可以呼風喚雨，把整座山剷平。龍王具有很大的法力，脾氣又狂暴的很，哪裡會輕易把女兒許配給你？」

「龍王如此凶惡，我們的婚事不就沒有希望了嗎？」張生不禁悲從中來。

「我知道你們是誠心相愛的，」仙姑微笑著說：「這樣吧！我給你三樣寶貝，你只要照著我的話去做，不怕龍王不把女兒嫁給你！」

說完，仙姑便取出銀鍋一只、金錢一文、鐵杓一把。

「你用鐵杓把海水舀進鍋裡，把金錢放進去用火煮。煮一分水，海水就會去十丈；煮兩分，就去二十丈；鍋子煎乾了，海水就會見底。到時龍王急壞了，自然就會令人來招你做女婿。」

「你這就去吧！記住了，向前走數十里，靠近沙門島的海岸，就是龍宮的所在地了。」

張生千恩萬謝拜別了仙姑，取過了寶物，就趕到沙門島煎海水。

這一下，可真靈驗了，不但海水翻騰沸滾，呼嚕呼嚕的冒泡泡，海裡的魚也潑刺亂跳，熱得受不了。

「別煮啦！別煮啦！」海龍王急得沒辦法，趕緊請石佛寺的老師父來勸阻張生。

「老師父，我老實對你說，如果龍王不把公主嫁給我，我就一直煮下去！」

「別煮了，別煮了！」老師父帶來了喜訊：「東海龍王要我來作媒，招你做東床嬌客啦！」

幸運的張生，藉著仙姑的幫忙，終於成了東海龍王的乘龍快婿。

在龍宮擺下的喜筵，可真熱鬧非凡。迎娶新娘的時候，黿(ㄩㄢˊ)❶將軍、鼉(ㄊㄨㄛˊ)❷先鋒、鱉(ㄅㄧㄝ)大夫、赤鬚蝦、銀腳蟹、錦鱗魚，敲鑼打鼓羅列兩旁。水晶宮裡，堆滿了山珍海味，珍珠寶玉，顯得光華燦爛。

原來，在很久很久以前，天山的金童和玉女因為動了凡心相戀，被掌管天條的大羅神仙罰入人間投胎。而後來金童變作張生，玉女變作了瓊蓮，上天才終於成全了這對才子佳人的一段美好姻緣。

注❶ 體型最大的一種鱉。

注❷ 據說是中國特有的一種鱷魚：揚子鱷。

走進雜劇的勾欄瓦舍

元代劇作家李好古寫過三部雜劇，分別是〈沙門島張生煮海〉、〈趙太祖鎮凶宅〉以及〈巨靈神劈華獄〉，現存的就只有〈張生煮海〉這一部。從他作品的劇名來看，故事題材不離神怪，透過曲折離奇的故事情節，打造出生動有趣、高潮迭起的戲劇張力。

元代雜劇的劇本多數都有四折，每折代表整個情節裡的一個段落。這齣劇，第一折張生在石佛寺與龍女相遇，第二折張生在野外巧遇仙姑，第三折張生在海邊煮海，到第四折張生到龍宮與龍女成親，每一折的地點都不一樣，使得整齣劇在搬演時更加豐富多變。

雖然這類描寫才子佳人、神仙眷侶的故事很常見，但這齣戲跳脫了傳統父母之命、媒妁之言的婚姻觀念，並注入「煮海」的奇幻元素，讓整個故事更加引人入勝。

4 魯大夫秋胡戲妻

原著／元．石君寶

羅大戶的女兒梅英，已經到了出嫁的年齡，而她的意中人是一個叫做秋胡的年輕人。

秋胡的父親過世了，他便和母親劉氏相依為命，家裡既沒有錢，也沒有功名。

有個媒婆惋惜的對梅英說：「以你的條件，應該嫁個財主，好吃好穿，一生受用；像秋胡這樣窮苦艱難的人家，你嫁過去，不會有好日子過的。」

梅英笑著說：「貧無本，富無根，古來將相多出自寒門。在您眼中秋胡也許是個平民窮小子，但在我心目中，他並不比丞相差呢！」

沒想到，梅英嫁給秋胡還不滿三天，秋胡就被官府裡的人

拉去從軍了。

「梅英，你在家好好侍奉母親，我走了。」秋胡再三叮嚀新婚的妻子。

「你放心去報效國家吧！」梅英含著淚說：「一路上小心保重，別忘了常常寫信回家。」

時間轉眼就過了十年。梅英奉養著多病的婆婆，靠幫人修補衣服、養蠶擇繭為生，日子過得十分清苦。

村裡有個李大戶，家中有錢財、糧食、田地、金銀，就是少一個標標致致的老婆。李大戶看中梅英的賢淑美麗，起了壞心眼，他把梅英的爹找來：「我聽人家說，你的女婿秋胡在軍隊中，吃豆腐屑死了。」

「那怎麼得了？」羅大戶信以為真。

「你別煩惱。你女婿死了，總不好叫女兒守寡，乾脆改嫁給我吧。」

「那怎麼成！」

「你如果不肯，」李大戶陰狠的說：「我就去官府告你欠我的四十石糧食至今未還，不過……」接著他又假意打出可以商量的語氣：「如果你把女兒嫁給我呢，四十石糧食不但不用還，還另外再給你些花紅羊酒財禮錢❶。我不會虧待你們的。」

注❶ 古代習俗中為迎娶女子需要準備的訂婚禮。

梅英父親一方面還不了債，另一方面也貪財，便答應了。當下就收下了酒和布料，到女兒家去。

「親家母，喝酒。」梅英父親把酒遞給秋胡的娘：「還有這塊紅布，給我女兒裁件衣裳穿。」

秋胡的娘只以為是親家體恤她婆媳倆，正表示謝意，梅英父親卻拍著手說：「了，了，了，了！」

「親家，這酒和布都不是我的，是本村李大戶的。剛才這三盅酒，是肯酒；這塊紅布，是紅定。你兒子秋胡在軍隊裡吃豆腐屑死了，如今李大戶要娶我女兒，我已經答應他了，這回他馬上就會牽羊擔酒來下聘了。」

梅英的婆婆慌得沒奈何，卻又不敢把事情轉告媳婦。

沒多久，李大戶在梅英爹娘的陪同下，果然領著鼓樂隊敲敲打打上門來迎親了。

「孩子，順父母者為大孝，何況秋胡已死，你就嫁給他吧！你嫁了他，也好讓我們的日子過得舒服點。」

「父親、母親，我既嫁做張郎婦，怎麼又要我再嫁做李郎妻？日子過得再苦，我們也不能做這種無情無義的事啊！」

「別鬧了！你婆婆也已經接了紅定了。」

梅英悲憤極了，對著婆婆說：「婆婆，秋胡從軍十年，我擔好水換惡水❶的養活您，您怎麼也把我嫁給別人？我這樣活著又有什麼意思，不如死了算了！」

婆婆急了，也哭著解釋：「媳婦兒，這不是我的主意，是你父親強給了我紅定，是他賣了你啊！」

偏偏不知廉恥的李大戶這時還嘻皮笑臉：「小娘子，你看我這個模樣，可也不醜呀！你靠前來，像我這般有銅錢的人，村裡再沒兩個！」

梅英聽了大怒，破口就罵，伸手就打。「青天白日，你膽敢調戲良家婦女！你敢過來，我非打散你這個驢馬村夫不可！你有銅錢，你儘管去抱著銅錢睡，我不稀罕！」

李大戶沒料到梅英性情這麼剛烈，劈頭劈臉就把他推倒在

注❶ 辛苦工作的意思。

地，只好打退堂鼓：「什麼意思，娶也不曾娶的，我倒白搶了一場，又吃這一跌，我看啊！算了，算了。」

自從梅英拒絕了李大戶的逼親，她的婆婆益加體會到媳婦的好：「多虧梅英有那貞烈的心不肯嫁；若是她肯了，有誰會侍養我呢？但願我死後，做她媳婦，也一樣的侍養她。」

這天，梅英和平常一樣，提著桑籃到桑園採桑。

「小娘子，你有沒有涼漿兒❶能給我喝一點呀？」驀地，她背後響起一個陌生男子的聲音。

「我是個採桑養蠶的婦人，不是鋤田送飯的村姑，沒有什麼涼漿能給你喝。」梅英側過身子，慌忙回禮。

沒想到，那陌生男子向前一步，竟然輕浮的說：「漂亮的小娘子，這裡沒有人，你走近來，我做你的女婿，怎麼樣？」

梅英見狀，驚怒交集，喊道：「無禮！退後！你再過來我就要大聲叫了！」

誰知那人居然一把扯住她的衣袖：「小娘子，如果你答應，我送你一餅黃金！」

「畜生！」梅英杏眼圓睜：「只要你敢走近一步，敢扯我一扯，我就削了你的手和腳！敢碰我一碰，我就拷了你那腰截骨！你有黃金又怎麼樣？你沒聽說過嗎？『男子見其金易其

注❶ 涼水。

過，女子見其金不敢壞其志！❶』」

那人被梅英罵得狗血噴頭，只得悻悻走了。

你猜這個調戲梅英的討厭鬼是誰？不是那個逼親的李大戶，而是從軍十年歸來的秋胡哪！

原來，秋胡在軍中十年，由於通文達武，累立奇功，深受元帥重用，已經官拜中大夫了。帶了官銜和元帥賜的一餅黃金，秋胡終於要回鄉與母親妻子團圓。

當他在途中路過自家的桑園，因見桑園裡有個漂亮女子的背影，不禁一時興起，動起調戲的念頭，卻萬萬沒想到，那個罵他、打他、令他羞愧而退的婦人，正是他十年不見、互不相識的妻子！

梅英慌慌張張、上氣不接下氣的跑回家，赫然發現剛才在桑園裡的陌生人居然在家裡等著。這一驚，不禁怒氣上沖，快步向前，一把扯住那人就要拉他送官。

「媳婦，別扯呀！他是秋胡呀！秋胡回來啦！」

不知情的婆

注❶ 意思是「一個人不能見錢財起貪心，而改變了原來的志節」。

婆還不知道剛才發生了什麼事。

「秋胡？」梅英定眼一瞧，唉喲！雖然留了長長的鬍子，臉上也有了些皺紋，但那神情、體態，不就是她十年不見，日夜思念的丈夫嗎？

梅英兩眼一熱，又高興又心酸，卻也更加生氣了：「秋胡……你，你，你過來！」

「梅英，你喚我做什麼？」秋胡心虛的應著。

「你曾經戲弄別人家的女人嗎？」

「沒有，沒有！」秋胡趕緊否認。

「梅英啊！」婆婆喚她：「這是秋胡給我的一餅黃金，是元帥賞的。這十年來多虧了你，我現在把黃金轉送給你，你就好生留著吧！」

這餅黃金，可不就是秋胡剛才從桑園裡拿出來要給她的？秋胡啊秋胡！你隨便送人黃金，也不怕餓死自己的親娘和妻子嗎？如果當初桑園裡是別人，嫁了這樣的男人，後半生還有指望嗎？

「秋胡，將休書❶拿來，將休書拿來！」

「梅英，你怎麼那麼傻，我現在可是衣錦榮歸啊！你要休書做什麼？」秋胡急急勸阻。

注❶ 古代的離婚協議書。

李大戶卻挑著這個節骨眼帶人來搶親了。

這下正好給秋胡捉個正著，送他到衙門，定他一個廣放私債、逼勒賣女的罪名。

梅英的婆婆也一再代秋胡求情：「媳婦兒，你若不肯認我孩兒，我就尋死！」

夫妻一場，總還是有感情的，何況婆婆說出這樣的重話。最後梅英原諒了秋胡，夫妻倆終於言歸於好，一家團圓了。

走進雜劇的勾欄瓦舍

元代劇作家石君寶，一生編撰了十部雜劇，留存至今的只剩〈秋胡戲妻〉、〈曲江池〉和〈紫雲庭〉。他擅長編寫與家庭倫理、男女情愛有關的故事，對人物性格的刻畫更是精采動人。

〈魯大夫秋胡戲妻〉的女主角梅英，新婚時性格嬌羞可愛，後來丈夫秋胡離家從軍，梅英挑起一家之主的重擔，在李大戶前來逼婚時，經過生活磨練的梅英，性格已經變得堅毅不屈。後來在桑園被離家多年、乍見竟不相識的秋胡調戲，她更展現出剛烈堅貞的志氣，讓人看了忍不住為她叫好。

這個故事的原型來自漢代劉尚《列女傳》，原本結局以女主角不堪受辱而投河的悲劇收場，但石君寶把悲劇轉為喜劇，讓秋胡夫妻重新和好團圓，更添可看性與趣味性。

5

迷青瑣倩女離魂

原著／元・鄭光祖

衡州王同知的兒子王文舉，是個飽讀詩書的年輕秀才，在他還沒有出生的時候，就和張公弼家的女兒倩女指腹為婚了。不幸他的父母先後亡故，婚事也就因此被耽擱下來。

如今，倩女的父親也過世了，剩下她和母親張老夫人相依為命。芳齡十七的她，長得靈秀美麗。張老夫人寄過幾封信到王家，王文舉便決定往長安應考的途中，先去探望一趟，也好了結一樁心事。

「梅香，請小姐出繡房。」老夫人見王秀才來了，便吩咐下去。

「母親，您喚孩兒有何事？」倩女娉娉婷婷的走出來。

「孩子，向前拜了你哥哥吧！」老夫人說。

倩女嬌羞的向未婚夫作揖回禮，眼睛也瞧了清楚，心想：「他是個矯帽輕衫小小郎，我是個繡帔香車楚楚娘，恰才貌正相當。」相見之下，她更生出傾慕之心，對未婚夫投注了少女全部的情意。

可是，回到深閨中的她卻覺得很納悶，剛才母親怎麼要她們兩人以兄妹之禮相待呢？

王文舉見過老夫人和小姐後，就要進京趕考了。老夫人特地在折柳亭備酒送行。

「岳母大人，小生臨行前想問清楚一件事。當初先父母與您指腹成親，後來小生父母雙亡，數年光景，不曾成此親事，小生特來拜望岳母，就為問這親事。可是，您要小姐以兄妹稱呼，不知道是何道理？」原來，王文舉也有同樣的疑問呢！

「這正是我的意思。」老夫人表情嚴肅的解釋：「我們張家三輩兒不招白衣秀士❶，想你滿腹文章，卻未曾進取功名。你如今進京應考，如果能得一官半職，再回來成親不遲。」

「岳母大人既然這麼說，我這就拜別岳母大人和小姐。」王文舉點頭深深一揖，準備上路了。

「哥哥，你若得了官，必休接了絲鞭者❷！」倩女含悲不捨。

注❶ 沒有考中一官半職的讀書人。

注❷ 接了絲鞭者，指接受女方招親的男方，會收下女方送的約定物絲鞭。

「小姐，我若為了官，你就是夫人縣君了。」

「哥哥，你休有上梢沒下梢[1]。」倩女小姐頻頻回頭，一再叮嚀。

「梅香，天色不早了，送小姐上車回去吧！」王秀才更是依依不捨的一再保證：「放心，小生得了官便來娶你，請快上車回去吧！」

沒想到，倩女在折柳亭送別王秀才回家後，日思夜想，茶飯不吃的生了相思病，病情似乎一天比一天重，張老夫人請了醫生診治，也一直不見起色。

話說王秀才那天辭別了倩女，便乘船渡江。夜深了，涼風習習，波光粼粼，映著他獨坐船首，彈琴解悶的倒影。

「奇怪，岸上怎麼有女人的聲音？好像是倩女小姐呢！」王秀才放下琴，凝神聆聽，再抬頭望向岸邊。啊！真不相信自己的眼睛，果然是美麗的倩女。只見她身著一襲白衣，款款如風的朝他這邊招手呼喚。

「小姐，這麼晚了，怎麼還往外跑呢？」王秀才急急起身相迎。

「相公，我瞞著母親來的，我們一同上京吧？」

「要是老夫人知道了，怎麼了得？」王秀才說。

「知道就知道嘛！有什麼關係？」美麗的倩女態度堅決。

注❶ 指有頭無尾、有去無回。

「小姐，請快回去吧！」王秀才又急又氣的搖手勸阻：「古人說：『聘則為妻，奔則為妾。』老夫人許了這門親事，是要我做了官再回來娶你。如今你私自趕來，不但名不正言不順，也有傷風化！你這樣做，到底是為了什麼？」

「可是，」小姐眼淚汪汪：「我來找你不為別的，只防一件事啊！」

「小姐，防我哪一件來？」

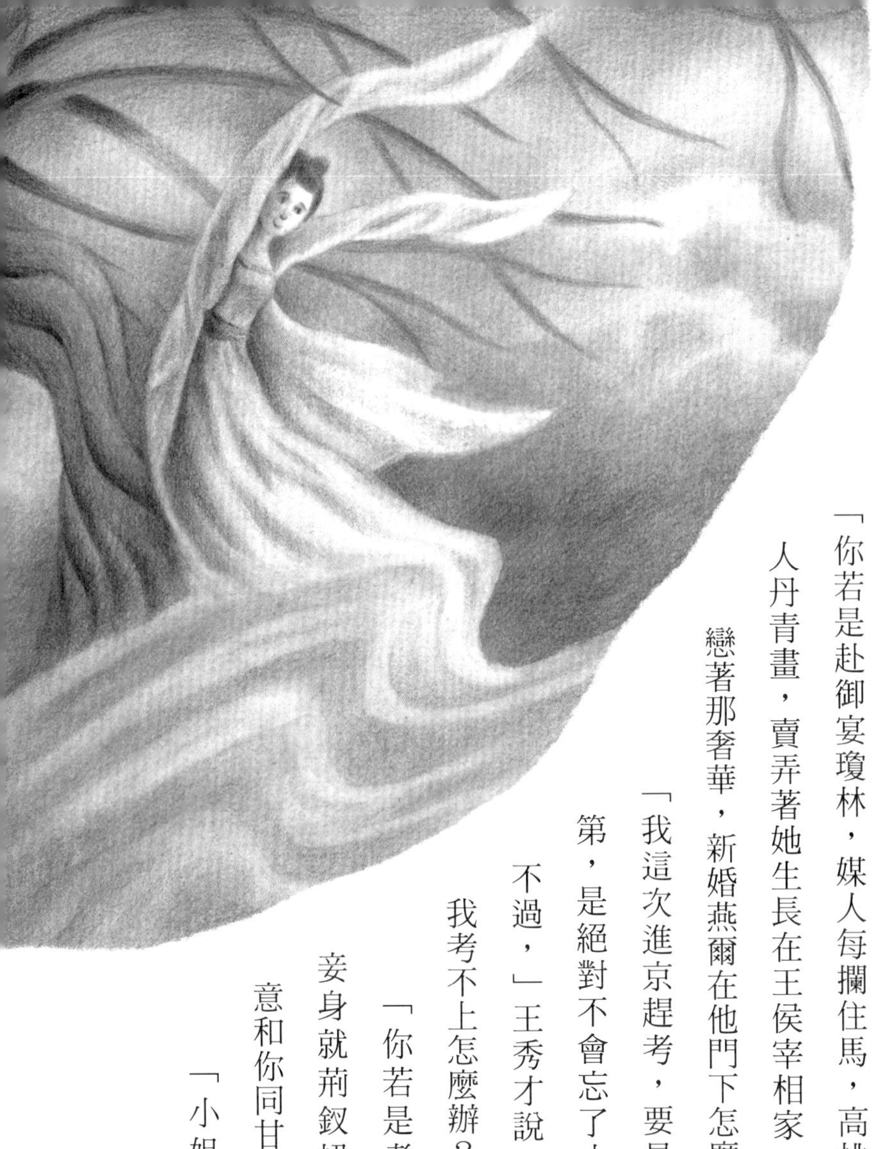

「你若是赴御宴瓊林，媒人每攔住馬，高挑起渲佳人丹青畫，賣弄著她生長在王侯宰相家。你若是戀著那奢華，新婚燕爾在他門下怎麼辦？」

「我這次進京趕考，要是一舉及第，是絕對不會忘了小姐的！不過，」王秀才說：「萬一我考不上怎麼辦？」

「你若是考不上，妾身就荊釵裙布，願意和你同甘苦。」

「小姐既然這

麼真心誠意，就和我一起上京去吧！」

時間匆匆一過三年，王文舉果然不負眾望，考中了狀元。「我得趕快寫封平安家書，差人送到岳母家，也好讓她老人家放心。」

很奇怪的是，差人到了張府，發現急急取信閱讀的小姐，除了比較病體虛弱，竟和相公夫人長得一個模樣兒！

「寓都下小婿王文舉，拜上岳母座前：自到闕下，一舉狀元及第。待授官之後，文舉同小姐一起回家……」當小姐念信到此，竟然臉色大變，悲痛欲絕的哭道：「我每天廢寢忘食，一日瘦一日的想念他，他竟然已經另外娶了別人！」

在張府，急得團團轉的老夫人正陪著病懨懨、氣若游絲的小姐；京師裡，王狀元卻喜氣洋洋的收拾行裝，準備帶著美麗的夫人衣錦還鄉。

「到家了，小姐，我先過去向岳母大人請安。」

王文舉一見老夫人的面，立刻跪倒在地：「請母親饒恕孩子！」

「你做錯了什麼？」老夫人莫名其妙。

「小生不應該暗地背著您，私帶小姐上京。」

「小姐這幾年一直生病，從來沒有出大門一步，你說的小姐在哪裡？」

當老夫人看見隨後進門的女兒，不禁驚喊：「這莫不是鬼！」

王文舉一時也嚇得沒了主意，便舉起寶劍，恐嚇她道：「你是何處妖精，從實說來！若不實說，一劍把你揮成兩段！」

「聽我說，聽我說，事情是這樣的！」倩女急著解釋。

「王秀才，刀下留人！我們先到房裡看看再說！」老夫人聽了倩女的話，半信半疑。

這時候，房裡的梅香正伺候著昏睡的小姐，見到王秀才進門，便急喊：「小姐！小姐！王姐夫來了，快醒醒。」

只見隨後跟進的另一個倩女小姐竟飄向生了病的倩女小姐，兩人一分不多、一分不少的合為一體！

「王郎在哪裡？」病懨懨的小姐就此睜開雙眼，恢復了神智。

啊！原來三年前離家追隨王秀才的姑娘，其實是倩女的靈魂，而臥病三年的小姐，是倩女的身體！

「天下有如此異事？」親眼目睹這一幕奇景的張夫人，不禁又驚又喜：「今天真是個吉日良辰，我就許你倆口兒成親吧！」

一時之間，張府上下熱鬧非凡，敲鑼打鼓、殺羊造酒，為的是準備做個大大慶喜的筵席，迎接衣錦榮歸的姑爺和「還魂」的小姐！

走進雜劇的勾欄瓦舍

〈迷青瑣倩女離魂〉是元曲四大家之一的鄭光祖的作品，取材自唐朝陳玄祐的傳奇《離魂記》。鄭光祖畢生創作了十八部劇作，可惜多已散佚。留傳迄今的〈迷青瑣倩女離魂〉是他的代表作。

鄭光祖以優美的文筆，寫出女子在傳統禮教束縛下追求愛情的痛苦。劇名中的「青瑣」，是皇宮大門上的裝飾，象徵功名。女主角擔心愛人成功取得功名後會另結新歡，因而靈魂出竅，一路追隨愛人上京赴試。這種穿梭現實與想像世界的情境，正是戲劇迷人之處。

離魂的倩女，因為思念過度而病懨懨的臥床不起，但她的靈魂卻跟隨在王文舉身邊，過得幸福美滿。鄭光祖用受困的軀體對照自由的靈魂，不知喚起多少年輕男女「把握當下、莫負青春」的浪漫情懷。

6 便宜行事虎頭牌

原著／元．李直夫

山壽馬是個掌握軍權、鎮守邊境的金牌大千戶❶，只見他「腰懸轆轤劍，身披鷫鸘❷裘」，儀表堂堂，好不威武。

這日，天晴日暖，閒來無事，山壽馬便領著幾名家將到野外打獵。

「老爺，老爺，叔叔、嬸嬸打從渤海寨來探親啦！」一個家僮騎馬急急來報。

山壽馬自幼父母雙亡，便由叔叔完顏阿可阿可和嬸嬸撫育成人，如今做了把隘口、鎮邊關的三軍大統帥，心裡一直很感激叔叔、嬸嬸的養育大恩。一聽說他們遠道來訪，立刻收了斷

注❶ 元朝武將的官名。
注❷ 古代傳說中的神鳥。

場❶，飛速趕回。

「孩兒，相別了數載，俺倆口兒好生想你哩！」叔叔、嬸嬸熱情的說。

「叔叔、嬸嬸，一路上辛苦了。」

「孩兒，你如今崢嶸發達了啊！可沒忘了叔叔、嬸嬸吧？」

「怎麼會？要不是叔叔、嬸嬸把我當親兒般養，我哪裡會有今天？」山壽馬很是恭敬，馬上吩咐下人烹羊宰豬，安排筵席，準備好好招待。

不久，朝廷裡的一個使臣來到邊關，傳下了聖旨：「聽聖人的命，山壽馬千戶，因你把守夾山口子，征伐賊兵，累建奇功，特加你為天下兵馬大元帥，賜雙虎符金牌，許你便宜行事，先斬後奏。再賜你那素金牌子一面，手下有可用之人時，就給他帶著，替你做金牌大千戶，把守夾山口子。」

叔叔知道姪兒高升了，欣慰之餘，轉念一想：「我活到六十歲，甲首❷也不曾做過，不如叫老伴去說個情，將那素金牌子給了我，讓我把守山口子，也好過過做官的癮。」

他老伴聽了便說：「老相公，你那麼好喝酒，我恐怕你會誤事呢！」

注❶ 也稱「圍場」，是打獵的場所。

注❷ 元代北方異族統治南方人民，每二十家編為一甲，並設「甲首」為初級的管理者。

「我要是帶了牌子，做了千戶，就一滴酒也不吃了。」

山壽馬的嬸嬸託了媳婦茶茶去說項❶：「這金牌子就給叔叔帶著，讓他做個千戶吧！」

山壽馬感念叔叔的養育之恩，何況叔叔也是軍隊裡出身的，就同意了。

「孩兒，難得你一片好心，我就答應好了。」做叔叔的還假意推辭了一番。

「叔叔，您受了牌子便要為國家出力，可不能再貪杯囉！」

「你放心，我帶了這牌子啊，一點酒也不吃了！」叔叔拍胸膛保證。

完顏阿可阿可便先回老家渤海寨收拾行李。

親朋好友知道他做了千戶，都來道賀，這家請他喝酒，那家請他喝酒，天天酩酊大醉，好不痛快。

他有個哥哥叫金住馬，也帶著一罈酒、兩根竹箭、一條蠟打的弓弦為他餞行。

「兄弟，你到任以後，酒要少吃，事要多知。」

「請哥哥放心，我若到夾山口子去，便整搠軍馬，提備賊兵，一點酒也不吃了。」他面帶得意的說：「何況，我那山壽馬姪兒做著兵馬大元帥，就算我有些疏忽，誰敢說我？」

「話不是那麼說。軍令如山，犯了法、誤了事，可不是好

注❶ 意指為別人說好話。

玩的。」老哥哥提醒他。

「如今天下太平，四海宴然，喝幾杯酒，礙什麼事？」

兄弟倆一面憶舊，一面敘離情，酒也跟著一杯又一杯下肚裡去了。

八月十五中秋節，完顏阿可阿可正準備和家人好好賞月，暢飲幾杯，卻聽到夾山口子被敵人攻入的消息。

「糟了！糟了！老相公，我就一直勸你少喝幾盅酒，現在怎麼辦？」嬸嬸急得直跳腳。

「能怎麼辦？來人啊，將戰衣拿來，我趕賊兵去！」

賊兵雖被趕走，擄去的人口、牛羊、馬匹也都奪回來了，

阿可叔叔卻已犯下了軍法。

元帥府裡三番兩次派人下文書來傳訊問罪，都被阿可叔叔仗恃著自己是元帥的叔父，把人打出門外。這下可惹惱了元帥，親自下狀子來捉人了。

「根據軍法，邊將聞將令不赴者，處死；邊將帶酒，不按時操練三軍者，處死；透漏賊兵，不迎敵者，處死！」

阿可聽到宣讀的罪狀，都嚇哭了：「完蛋，這下我真的死定了！」

「元帥，想你自小父母雙亡，俺倆口兒抬舉你長大成人，做了大官，俺倆口兒雖不曾十月懷胎，也曾三年哺乳，煨乾就濕，嚥苦吐甘。請你看在我的面上，就免了你叔叔脖子上的一刀，改用杖子懲罰他吧！」做嬸嬸的向姪兒求情。

「是啊！相公，也多虧了你叔叔、嬸嬸撫養你長大，你才有今天啊！」元帥夫人茶茶也幫著說話。

甚至眾大小官員也都下跪求情：「元帥罰不擇骨肉，賞不避仇，執法公正無私，我們本來是什麼話都不應該說的。只是這樣一來，元帥雖然對國家盡忠，卻不能盡孝，總是一個遺憾。法理不外乎人情，請元帥三思而行！」

「相公，叔叔雖然八月十五日失了夾山口子，可是十六日又將人口、牛羊、馬匹都搶回來了，這也算將功折罪啊！」

在眾人求情之下，元帥總算免了阿可叔叔的死罪，改打他一百下屁股。

「老天，打一百下！那我還不是死了！老婆，咱們家有個都管的狗兒，元帥最寵愛他，你央他去勸一勸，別打那麼多下。」

「叔叔放心，都在我身上。」狗兒一口答應下來，便去勸說元帥。

「相公，叔叔是老人家了，你記得小時候，他是怎麼照顧著你？還有嬸嬸，抱著你睡，你常尿尿澆得她一肚子。相公，看看嬸嬸的面皮，饒了他吧！」

元帥聽了便問：「你要替他挨打是嗎？」

「我替叔叔挨打！」狗兒一口答應，但在打六十大板後，卻捧著屁股說受不了，剩下的四十大板還請叔叔自己受領吧！

阿可叔叔被打了四十大板，又疼又氣。

「開門啊！元帥和夫人暖痛來啦！」

砰砰砰，有人敲門，原來是元帥和夫人親自派人牽羊擔酒，來探望挨了打的叔叔。

「不開，不開，又要問我的罪，死也不開門。」

「叔叔、嬸嬸，我茶茶在門外，開門啊！」

嬸嬸便勸她丈夫：「茶茶昨天也替你求了情，是姪兒不肯饒你，看在她面上，開了門吧！」

門開了，阿可叔叔不客氣的罵他姪兒：「你昨日打我這一頓，虧你有什麼面皮又來見我！」

「叔叔，這不能怪我，我是依法行事啊！」

「我被你打了這一頓，還說不干你事？那倒干我事了？」

「叔叔，也別這麼說嘛！打你的其實是這面虎頭牌啦！」

「原來是軍令上該打我的！」

「叔叔，做姪兒的怎麼會忘記您養育的大恩大德？」大元帥誠懇的道歉。

「茶茶，快與我殺羊燙酒，給叔叔暖痛！」

其實，阿可叔叔也真沒什麼好怨怪的，他摸摸發腫的屁股，也就開心的坐上首席，和家人享受這頓暖痛的酒宴了。

走進雜劇的勾欄瓦舍

〈便宜行事虎頭牌〉原作者李直夫，是出身金國的女真族人，他的創作具有北方民族的特色，不僅在對白中採用女真族的方言用語，搭配的音樂曲調也多有異族風情，獨樹一格。他創作的多部雜劇，只留存〈虎頭牌〉全劇和〈伯道棄子〉的殘篇。

大元帥山壽馬自幼父母雙亡，為了報答叔叔、嬸嬸的養育之恩，把守衛要津的任務交給叔叔，叔叔卻因為愛喝酒而延誤軍機，山壽馬不得不依法處置，執行軍法毫不徇私，但在處罰結束後，又牽羊擔酒的來為叔叔「暖痛」。

劇中表現出女真人質樸坦率的行事風格，以及法理之外也要講人情倫常的處世態度。

7 包公智賺生金閣

原著／元．武漢臣

郭成是個老實的秀才。有一晚，他作了個噩夢，心裡很不舒服，就去找算命先生卜個卦，聽聽是吉還是凶。

「哎呀！公子，此卦有百日血光之災，我看你還是趕緊到遠地躲避躲避！」

「那可怎麼辦？」郭成聽了，益發緊張，每日愁容滿面。

他父親郭二便勸：「常言道：『陰陽不可信，信了一肚悶。』你信他做什麼？」

「父親、母親，那賣卦先生外號『開口靈』，聽說靈驗得很，我看我還是帶了媳婦進京，一來進取功名，二來躲災避難，比較安全。」郭成說。

「也好，你既然要去，我就給你一個祖傳的寶貝生金閣，

要是你做不了官，說不定可以用這個寶貝換得一官半職回來。」

郭二把寶貝拿出來給大家瞧，原來這個生金閣的特別之處就在若是將它放在有風的地方，就會發出非常美妙動人的聲音，而就算沒有風，用扇子搧一搧，同樣也能仙音嘹亮。

郭成便帶著寶貝生金閣，和妻子李幼奴一塊進京避難，順便應考去。

寒風，刺骨的吹著；白雪，亂紛紛的在空中飛舞。郭成夫妻衣裳單薄，餓著肚子在雪地中趕路，好不容易遠遠望見一家酒鋪，急忙進到店裡歇個腳，打了酒取暖。

沒過多久，酒店前傳來一陣人馬喧鬧的聲音，接著一群侍從前呼後擁一個身穿貂皮裘衣、體型魁梧、神色驕傲的中年漢子正走進店裡來。

「小的，喚那賣酒的來！」那人吩咐下去。

「賣酒的，衙內❶喚你！」

店小二急急打躬作揖的迎上：「有有有。」

「賣酒的，認得我嗎？」

「不認得。」店小二誠惶誠恐的說。

「我就是權豪勢要的龐衙內，你要是不好好伺候，當心討打！」

注❶ 宋元時代，通常用這個官名稱一般官家子弟。

這龐衙內，人稱花花太歲，為人一向霸道凶狠，若是出外在街市有人衝撞他的馬頭，一頓就被打死了，根本不償命。「看來是個大人物，如果將寶物獻給他，說不定就可以求得一官半職。」不知厲害的郭成央請店小二轉告龐衙內，說有寶物相獻。

「你會有什麼稀奇寶物？」龐衙內把郭成叫到面前：「你知道我的寶庫裡有多少寶物嗎？粧花八寶瓶、赤色珊瑚樹、東海蝦鬚簾、無價照星斗光燦爛玻璃盞、明丟丟水晶盤……你那生金閣又是什麼寶貝？」

郭成趕忙把生金閣拿出來表演一番。

「不錯，不錯，算是一件寶貝。」龐衙內表示滿意：「你要什麼代價？」

郭成不要綾羅綢緞，也不要寶貝金珠：「小生只想博個小前程來帝里❶，便也好帶名分入鄉閭。」

龐衙內滿口答應：「這不難，我只要寫張帖與今場貢主❷說了，與你個大大的官做。」

「多謝大人！」郭成又感激又歡喜：「小生有個醜渾家❸，替她拜謝過大人。」

沒想到，那龐衙內一見郭成的妻子長得十分標致美麗，竟

注❶ 指帝都，也就是京城。
注❷ 指主考官。
注❸ 對自己老婆的謙稱。

起了壞心。他把郭成夫婦請到家裡喝酒，趁著一股酒興：「你的渾家，換與我做個夫人，我再替你另娶一個，你意下如何？」

「那、那，那怎麼成！」郭成大驚失色：「這、這，這是敗壞風俗的！」

「不管你同意不同意，我已經這麼決定了！」

「你原來好模樣，倒有這般心歹處，便待要拆散夫妻，鳳隻鸞孤。」郭成說什麼也不答應。

「你要是不答應，我就要你的命！」

龐衙內勃然大怒，吩咐下去：「把大鐵鎖拿來，把郭成鎖進馬房！扶他太太到房間裡！」

郭成的妻子寧死不從，龐衙內便喚了家裡的嬤嬤❶做說客：「我大茶小禮，三媒六證，親自娶了個夫人，她百般的不肯順從我。嬤

注❶ 年長的女僕。

嬤，你勸她一勸，勸得她回心轉意，我自會重重的賞你。」

不知情的嬤嬤便去勸郭成的妻子：「衙內大財大禮的把你娶來，你為什麼不肯隨他的心意呢？」

「嬤嬤，你哪裡知道我心中的冤枉呢？」郭成妻子悲傷的哭訴：「那個龐衙內強要了我丈夫的生金閣兒，又逼我為妻，還將丈夫鎖在馬房裡！」

「照你這麼說，就真是太沒有天理了！」嬤嬤打抱不平。

「嬤嬤，有機會的話，我一定要告到衙門裡！」幼奴銀牙一咬：「都是我這張臉害了郭成，毀了我這面皮吧！」說著，就用指甲劃破自己的臉。

「可惡，你這老婆子竟然幫著外人罵我！」就在這時候，久候窗外偷聽的龐衙內，怒氣沖沖的推門闖入：「來人啊！把她推進井裡淹死！」

可憐的老嬤嬤，就這麼冤死了。

「還有郭成！」龐衙內一不做二不休：「給我把他的腦袋切下來！」

隨從趙虎，提起銅鍘❶，一把揪著郭成的頭就往下砍！

「哎喲！嚇死人啦！」沒想到這一刀砍下去，令人驚奇的景象竟然發生了。

揮刀砍人的趙虎，面如土色的大喊：「老爺！怪事，怪

注❶ 古代砍殺用的鋒利短刀。

事！郭成居然提著他的頭跳過牆去了！」

正月十五元宵節，城裡城外，不論家家戶戶，都點放起花燈，十分熱鬧。

包拯包大人這回帶著他的侍從張千，從邊境視察回往開封府，正在一家酒館裡落腳歇息。

這位包大人官封龍圖閣待制，是正授南衙開封府尹之職的朝廷官員，為官剛正，關心民間疾苦。辦起案來，更是明察秋毫，大公無私，百姓都稱他作「包青天」。

冬夜寒冷，風大雪緊，包大人正喝著熱酒暖身，卻見一個老頭慌慌張張的撞進酒店，喊道：「哎喲！沒頭鬼又來了！」

「老人家，你剛才說什麼沒頭鬼？」包拯問這老頭。

「是這樣的，」老頭上氣不接下氣的說：「今天是上元節令，我往城裡看燈去，卻撞見個沒頭鬼，手裡提著頭，趕著眾人打，嚇得我們四處散逃，花燈也沒看成。我見這裡有家店，趕忙就躲了進來。」

「有這等蹊蹺事？」包拯濃眉一皺：「張千，把馬牽來，今晚可有熱鬧事好辦了！」

在黑漆漆，風雪交加的無人僻路上，包拯果然看見一個沒頭的鬼魂四處遊蕩。「無頭鬼，你有什麼負屈銜冤的事，先且回城隍廟中去，到晚間我替你做主，速退！」

無頭鬼真的乖乖退下。

包拯馬上回到開封府，令當值的婁青：「將這道牒文帶到城隍廟中，然後燒掉牒文，將那鬼魂帶到開封府裡來，老夫要親自問這一樁公事。」

夜深人靜，一片愁雲慘霧，開封府裡，包大人坐堂問案，燈燭下，直跪著一個提著頭的鬼魂，看起來神色慘淡，模樣可憐。

「無頭鬼，將你冤死的原因，仔細的說出來！」包公神態威嚴。

「孩兒姓郭……可憐如我，這等冤枉天來高，地來厚，海來深，道來長。」鬼魂悲訴遭遇：「……還望大人懷中高揣軒

轅鏡，照察我說不盡的冤屈！」

包公說：「原來是這麼一回事，到明日我給你做主，你且退下。」這時，包公心裡已經有了打算。

天亮了，包大人抬出放告牌，引進一名申冤的婦人：「小婦人是河東人，喚做李幼奴，大人可憐見，我告著龐衙內……」

這不正是郭成的妻子嗎？證詞兩相對照下，結果無可置疑了。

包拯胸有成竹，把龐衙內請來府中飲酒，假意稱兄道弟，讓他受寵若驚，失了戒心。

「我最近從西延回來，得了一件稀奇寶貝，是個生金塔兒。塔兒不稀罕，放在桌上，那有虔心的人，拜三拜五，塔尖上就會出現五色毫光真佛。」包拯說

「噢？我也有個寶貝叫做生金閣，放在有風處，仙音嘹亮；無風處，用扇子搧著，也照樣響動。」龐衙內洋洋得意的說。

「我不相信有這種寶貝。」

「快去家中取來。」龐衙內吩咐下去。

生金閣送來了。

「喝酒沒有音樂多單調。婁青，給我找名歌手來。」

「冤枉啊，大人！」領來的歌者卻是郭成的妻子。

「怎麼回事？」包拯故作不知情。

「我要告龐衙內！」婦人說：「他搶了我的生金閣，殺了我的丈夫，強要我做他的妻子，還將嬤嬤推落井裡淹死！」

「真有這麼回事？」包拯問龐衙內。

「是有這麼回事。」龐衙內還自以為和包大人「夠交情」，諒他也不會如何，便一五一十的承認了。

「來人哪！給我拿下！」

好啦，人證、物證如今一一齊全，龐衙內賴也賴不掉，終於被大公無私的包青天定了罪，關在死囚牢裡。

雖然案情大白，李幼奴的名節和無頭鬼的冤情都得以平反，只是可憐的郭成，最終還是沒有逃過那血光之災。

走進雜劇的勾欄瓦舍

〈包公智賺生金閣〉的劇作家武漢臣，在文獻史料上並沒有太多記載。故事裡的「包公」，就是大家熟知的「包青天」。

秀才郭成帶著家傳寶物「生金閣」和妻子赴京求取功名，沒想到還沒功成名就就被謀害，不僅被搶走寶物，年輕貌美的妻子也被強佔。變成無頭鬼的郭成，遇到了公正廉明的包青天，這起冤案才能真相大白。

這個故事反映的正是舊社會有權勢的人無法無天的行徑，結構嚴謹、情節緊湊，在氣氛的營造上非常具有吸引力。

8 風雨像生貨郎旦

原著／元・佚名

張玉娥是位長安城裡的名妓，有個開當鋪的老闆李彥和看上她，想娶她為妾。李彥和的老婆氣得破口就罵：「你每天只顧貪花戀酒，不想著家私過活❶，這種日子叫我怎麼過！」

「那張玉娥生得十分美麗，怎教我不愛？」李彥和說：「不管你答不答應，我就是要娶她！」

「這是引狼入室！娶到家也不和，你夾在中間到底想圖個什麼？」

夫妻倆正吵著，忽然聽見張玉娥在門外叫喚的聲音：「李彥和！李彥和！」

注❶ 指家居的正當工作和生活。

開了門，張玉娥大搖大擺的走進來：「你耳朵裡塞著什麼？怎麼沒聽見我喊門？我如今過去拜你那老婆，頭一拜受禮，第二拜欠身，第三、第四還禮，她依便依，不依啊，我就回家，不嫁給你了！」

「你別性急，等我過去和她說。」李彥和趕忙轉身去勸老婆：「你可是要還禮，否則張玉娥要唱叫起來，就不體面了。」

他老婆勉強欠了身，張玉娥不滿意就撒起野來：「你是被釘子釘著不成？怎麼不還禮？」

兩個婦人一言不合，大打出手。

「李彥和，你若是愛她，便休了我；若是愛我，便休了她！你若不依著，我就回家！」張玉娥又打又叫，凶悍的不得了。

那大老婆敵她不過，一口痰堵住喉嚨，竟活活給氣死了！

李彥和這邊悲傷的料理著喪事，張玉娥那頭暗暗竊喜：「這也是我腳跡兒好處，一入門，先殺了他大老婆，何等自在，何等快活！」

又想：「那李彥和雖然娶了我，卻不知我心下並不喜歡他。」

原來，張玉娥喜歡上另一個叫做魏邦彥的男人。她把那人找來：「我把李彥和的金銀財寶都交給你，你先到洛河邊找一條小船等著。我會在家點一把火，燒了他房子，同他躲到洛河

邊，你便假做梢公❶，載咱們上船。等到了河中間，你將李彥和推入河裡，再把他的兒子和奶娘一塊勒死，咱兩個就能長遠做夫妻，好不好哪？」

魏邦彥說：「這個主意真妙！我先去洛河邊等你，明天早點來！」

張玉娥果然放了一把火燒了李彥和的房廊屋舍，然後把眾人騙到洛河岸邊。

「官人、娘子，我這裡是擺渡的船，趕快上來吧！」假扮梢公的魏邦彥招呼他們。

等李彥和一家上了船，「咚」的一聲，他先把李彥和推下水，再去勒張三姑的脖子！

「救命呀！救命！有殺人賊！」奶媽張三姑掙扎喊叫。一個船伕見狀，趕忙來救，魏邦彥和張玉娥只得慌張逃走。

「俺因公幹來到這洛河岸上，一簇人為什麼這麼吵鬧？」問話的人名叫完顏，是個慈祥的老爺爺，聽完事情的來龍去脈，便說：「帶著這個孩子你要怎樣呢？若肯賣，我就買下來。」

張三姑心想：「我如今進退無路，領這春郎，少不得餓死，不如賣給他吧！」

為了立個字據，臨時找來一個以說唱「貨郎兒」❷為生的

注❶ 擺渡的船夫。
注❷ 四處走唱賺錢為生的人。

老人張㦻古代寫賣身契：「長安人氏，省衙西住坐。父親李彥和，奶母張三姑。孩兒七歲，胸前一點硃砂記。情願賣與拈各千戶為兒，恐後無憑，立此文書為照。」

「把小孩賣了，那你往哪廂去？」完顏千戶關心的問。

「我無處可去。」張三姑淒涼的說。

「既然你無處去，我又無兒無女，你肯與我做個義女兒，跟著我學唱曲過活，意下如何？」好心的貨郎兒張老願意收留三姑。

就這樣，七歲的春郎，跟了完顏千戶，孤苦無依的張三姑隨著張老，各奔一方。

過了十三年，春郎已長成二十歲的年輕人，也承襲了完顏

的千戶官職。

「春郎孩兒，你近前來，我有句話與你說。」生了重病的完顏，臨死前把春郎喚來，一五一十將他的身世交代得很清楚：「我死後，你去催趲窩脫銀❶，就去找你親生的父親吧！」

李春郎料理完恩人的喪事，便離開家門，來到河南府地，尋找親生的父親和奶娘。

話說李彥和被魏邦彥和張玉娥這對壞蛋推進水裡後，正巧抱住從上流漂下的一塊木板，保全了一條性命。為了生活，李彥和找到一家大戶，為人放牛。

這天，他在官道旁放牛，一個婦人走過來問路：「敢問哥哥，這裡是通往那河南府的大路嗎？」

「張三姑！」李彥和驚叫一聲。

「你是誰？」婦人問。

「三姑，我是李彥和！你不認識我了嗎？」李彥和又驚又喜。

「真的嗎？不是我見到了鬼吧？」婦人果然是張三姑，她原以為李彥和早死了。

注❶ 窩脫銀是指元朝時代的高利貸。這裡是老完顏叮囑春郎，可以出去催收利錢，好去尋找生父。

兩人當下互問了近況，原來張憋古也死了，臨終前囑咐張三姑把他的骨殖❶送到洛陽河南府。

「哥哥，你肯跟我回河南府去，憑著我說唱貨郎兒，我也養得你到老，何如？」張三姑好意勸說。

「也好。」李彥和當即向主人辭了職，便和張三姑結伴同行。

這日，兩人在一家客棧裡落腳，跑堂的過來對三姑說：「有個大人在館驛裡，喚你去說唱，多有賞錢與你哩！」

張三姑、李彥和趨前去服侍，還先領了賞肉。「奇怪！這張包肉的紙怎麼寫了字？」李彥和看著紙念：「長安人氏，省衙西住坐。父親李彥和，奶母張三姑。孩兒春郎，年七歲……」

呀！這不正是春郎十三年前的賣身契嗎？原來點唱、賞肉的正是春郎，他無意中把這張紙給弄丟了。

「妹子呀，你見這官人嗎？他那模樣動靜，好似我的孩兒春郎，但我卻不敢去認他，可怎麼辦好！」李彥和又悲傷又緊張，遠遠看著年輕的春郎，不知他是不是自己失散多年的親生兒子！

張三姑便安慰他：「哥哥，你放心。張老把咱們家的故事編成二十四回說唱，他若果真是春郎孩兒，他聽了必然認得

注❶ 骨灰及骨頭。

我。」

說完，張三姑便做好排場，敲起醒木[1]對著春郎唱了起來：「『烈火西燒魏帝時，周郎戰鬥苦相持；交兵不用揮長劍，一掃英雄百萬師……』，我如今的說唱，是單題著河南府一樁奇事。不唱韓元帥偷營劫寨，不唱漢司馬陳言獻策，也不唱梁山伯，不唱祝英台。」

「你可唱什麼哪？」春郎興致勃勃的問。

「只唱那娶小婦的長安李秀才。」

「唱得好，你慢慢的唱。」

「……話說長安有一秀才，姓李，名英，字彥和。渾家劉氏，孩兒春郎，奶母張三姑……那婆娘舌刺刺挑茶斡刺，百枝枝花兒葉子……將一個賢慧的渾家生氣死。福無雙至日，禍有併來時。只見這正堂上火起，刮刮匝匝，燒得好怕人也……」

春郎聽得入神，直問：「這劉氏被氣死了，這火又是從何而起？可還有救嗎？你慢慢的唱來，我靜靜聽著呢。」

「……河岸上和誰講話，向前去親身問他。只說道奸夫是船家，猛將咱家長喉嚨掐，磕搭的揪住頭髮……」張三姑繼續唱下去：「……那官人是個行軍千戶，他下馬詢問所以，我三

注❶ 一種講唱故事時所用的拍板，有改變節奏、轉換情調、打拍子或叫醒觀眾等作用。

姑訴說前事。」

「那官人救活了你的性命，你怎麼就將孩兒賣與那官人去了？你可慢慢的說著。」春郎再繼續的問：「那時這小的幾歲？」

三姑唱：「相別時恰才七歲。」

「你可曉得他在哪裡？」

「十三年不知個信息，恰便似大海內沉石。」

「你可知道有什麼記認處？」

「那孩兒福相貌，雙耳過肩墜，胸前一點硃砂記！」

「他祖居在何處？」

「他祖居在長安解庫省衙西。」

「他的小名喚做什麼？」

「那孩兒小名喚做春郎，身姓李。」

「住住住！你莫非是奶娘張三姑嗎？」

「我就是張三姑，官人怎麼認得老身？」

「你不認得我了？我就是李春郎！」說著，春郎忙拉開衣襟，露出身上的硃砂痕。

「果然是春郎！這個便是你父親李彥和！」

張三姑喜極而泣，李彥和、李春郎父子相認，更是欣喜若狂。各自離散十三年，一家終得團圓日！

且慢，相信你一定很好奇張玉娥和魏邦彥，這兩個人最後的下場吧？

戲曲裡是這麼寫的：這兩人因為欺侵了窩脫銀一百多兩，被差人逮捕，巧的是主審人就是承繼了千戶官職的李春郎，惡人有惡報，兩人便雙雙被問罪處死了。

〈風雨像生貨郎旦〉的劇作家已不可考，但因情節安排高潮迭起，十分引人入勝，而流傳下來。

「貨郎」指的是宋、元時期身上背著擔子賣雜貨，沿街賣唱招攬生意的人，他們常常敲鑼打鼓，順口唱出各式商品的名稱，這樣的聲調經過不斷演變，後來便發展成雜劇中的曲牌。

這齣戲描寫李彥和一家家破人亡的經過，最精采的部分，就在張三姑和李彥和重逢後，又在館驛偶然遇見了離散多年的春郎。為了確認孩子的身分，張三姑將李家的故事套用說唱的形式，將整起事件經過重新敘述了一遍。這段說唱不僅聲調變化多端，或長或短的詞句也富有創意，是藝術性極高的表現手法，充滿民俗趣味與說唱藝術的色彩。這樣的敘事方式，也是許多現代戲劇會使用的形式。

9 趙氏孤兒大報讎

原著／元．紀君祥

遠在春秋時代的晉國，有文臣趙盾和武將屠岸賈，他們是晉靈公朝廷中最顯耀的人物。屠岸賈為人奸險狠毒，為了攬權爭寵，三番兩次設計陷害趙盾。

當時，西戎國進貢了一頭凶猛的狗「神獒」，靈公將牠賜給了屠岸賈。沒料到，他竟想利用神獒來除掉心中大敵。

方法是把神獒鎖進空屋裡，足足餓個三、五天，再把牠帶到後花園。又在花園裡，紮了個穿上紫袍玉帶的稻草人，腹部懸著一副羊心肺，屠岸賈當著神獒把紫袍剖開，露出羊心肺，讓牠飽餐一頓。如此反覆試驗一百天，養成了神獒攻擊噬人的習性。

屠岸賈見時機成熟，便對靈公進讒言：「朝廷中有一個不

忠不孝的人，如果想知道這叛徒是誰，西戎國的神獒最靈異，一嗅便知。」

靈公聽了，便允許神獒上殿。那時，穿著紫袍玉帶的趙盾，正立在靈公的坐榻旁，神獒一見熟悉的穿戴，立刻撲向前去，趙盾只得繞著大殿逃，要不是殿前太尉及時殺死了神獒，趙盾早就沒命了。

後來，趙盾雖逃過屠岸賈的毒手，卻因背上不忠的罪名，而遭到滿門抄斬的厄運，家族三百口不論貴賤，一律處死。

趙盾的兒子趙朔，是靈公的駙馬。屠岸賈為了斬草除根，一不做二不休，便假傳靈公旨意，準備了弓弦、藥酒和短刀，要趙朔選擇其中一種自盡。

「公主，你聽我遺言，你如今腹懷有孕，若是你添個女兒，那無話說；若是個兒子，我就腹中與他個小名，喚做『趙氏孤兒』，待他長立成人，與我們雪冤報讎！」

含冤受辱的趙朔，不明不白的被奸人害死了。可憐的公主，也被屠岸賈囚禁起來。

不久，晉公主果然產下一子。屠岸賈趕盡殺絕，傳下號令，命將軍韓厥把住府門：「不搜進去的，只搜出來的。若有盜出趙氏孤兒者，全家處斬，九族不留。」另外還在城門四處張掛榜文，誰膽敢掩藏孤兒，同樣處滅門之罪。

晉公主為了保全孤子的性命，想到門下還有一個名叫程嬰

的草澤醫生，為人忠義正直，便把他找來：「程嬰，常言道：『遇急思親戚，臨危託故人。』你若是救了這孩子，便是替趙家留得這條根。」說著，便向程嬰下跪：「趙家三百口的冤讎，就全指望你了！」

「公主請起，」程嬰急急回禮：「即使我救了小舍人，一旦屠岸賈向您逼問趙氏孤兒，他總會盤查出來在我這裡，那時，我們一家死了也罷，小舍人也休想活命的。」

「罷罷罷，程嬰，這你大可放心。」公主說完，便取下腰帶自縊而死。

程嬰止住悲痛，趕忙打開藥箱將小孩抱進去，再鋪上些生藥遮住，接著是否能出得了府外，就只有聽天由命了。

「程嬰，你不是說藥箱裡放的是桔梗、甘草薄荷，怎麼有個小孩？」把守府門的韓厥將軍看出疑竇，認出了那個孩子就是趙氏孤兒。

「我若把這孤兒獻出去，可不是一身富貴？但我韓厥是個頂天立地的男兒，怎肯做這般勾當？」

天無絕人之路，韓厥雖身為屠岸賈麾下的大將，卻是個忠義之人：「程嬰，你抱著孤兒走吧！若屠岸賈問起，我自會替你回話！」

「將軍，」程嬰嘆著氣說：「就算我出了府門，你報與屠岸賈知道，到最後，還是死路一條。罷罷罷，將軍，你還是把我給捉住，請功受賞，我情願與趙氏孤兒一起了斷。」

「你為趙氏存遺胤[1]，我於屠賊有何親？程嬰啊程嬰，你若肯捨殘生，我也願把這頭來刎！」韓厥說完，舉起劍就自盡了。

屠岸賈聽說趙氏孤兒被人救走，勃然大怒，又想出一條更殘忍的計策。他詐傳靈公的旨令，說是要把晉國內半歲以下、一個月以上新生的男嬰統統捉來，見一個剁三劍：「任他金枝玉葉，也難逃我劍下之災！」

這時，程嬰已帶著孤兒逃到呂呂太平莊上，準備向已經隱居的退休老忠臣公孫杵臼求救。

「我如今將趙氏孤兒偷藏在你這裡，一是為報答趙駙馬平日優待之恩，二是要救晉國小兒之命。」程嬰說出自己的想法：「我有一個兒子，還沒有滿月，我將他假裝做趙氏孤兒，請您去向屠岸賈告密，說程嬰藏著孤兒，把我們父子二人一起處死。趙氏孤兒就請您撫養成人，長大後報父母之仇了。」

公孫杵臼罷官之前原是中大夫，與趙盾交情最深，是個忠直的人。如今見摯友大難，自然是義不容辭：「程嬰，這孩子總要二十年後才能報父母仇恨。你今年四十五歲，再過二十年，也只是六十五歲；但我今年已七十歲，再過二十年，可不九十歲了？到時自己是死是活很難預料，怎麼還能讓這孩子報

注❶ 遺胤，指遺孤、後代繼承者。

仇？」

公孫杵臼繼續說下去：「程嬰，我看還是由你向屠岸賈告密，說太平莊上公孫杵臼藏著趙氏孤兒，讓我和你親兒一同受死，由你將趙氏孤兒撫養成人，將來替他父母報仇，才是個長遠之計。」

「你本來可以好好的退休享清福，都是我程嬰連累了您。」

「哪裡的話，我是個七十歲的老人了，死只是時間問題，也不爭這早晚。你還是依計行事吧！」公孫杵臼心意已決。

「你怎麼瞞得過我？你和公孫杵臼往日無仇、近日無冤，你怎會告他藏著趙氏孤兒？」屠岸賈接獲密報，認為事情沒有

那麼簡單：「你給我說老實話，不然我先殺了你！」

「元帥暫息雷霆之怒，」程嬰把編造的理由說出來：「事實是這樣的，小人原與公孫杵臼無冤無仇，只因元帥傳下榜文，要殺盡全國的嬰兒，我一來為救國內小兒的命，二來是小人年近四十五歲才生下一子，尚未滿月。元帥軍令，不敢不獻出來，那小人豈不絕後了？所以才膽敢告密。」

屠岸賈覺得言之成理，便親率兵馬赴太平莊圍捕公孫杵臼，搜拿孤兒。公孫杵臼當然不肯認罪，屠岸賈更命令程嬰拷打他，程嬰心中血淚交流，眼睜睜的看著自己親生兒子活生生被剁死，而公孫杵臼則在受盡刑法後，撞死在臺階前！

「程嬰，這一樁事可真多虧了你。你是我的心腹之人，不如在我家裡做個門客，撫養你那孩兒成人，在你跟前習文，在我跟前演武。我也年近五旬，尚無子嗣，就將你的孩兒給我做個義子，我以後年紀大了，也可以讓他承襲我的官位。」不知情的屠岸賈，大大的嘉賞了程嬰。

日月催人老，轉眼間，程嬰已是六十五歲的老人了，而趙氏孤兒呢？取名叫程勃，是位十八般武藝樣樣精通，四書五經本本熟讀，文武兼備的青年。

「我如今將從前屈死的忠臣良將，畫成一個手卷，倘若這孩兒問起來，我就一件一件的說給他聽，也好了卻我這二十年來心中的冤仇。」這天，心情沉悶的程嬰在書房裡展讀早已繪

製好的趙氏孤兒身世手卷，正巧程勃從教場回來。

「爹爹，您每天看到我的時候都是高高興興的，今天為什麼看起來特別煩惱？是誰欺負了您？告訴孩兒，我一定不饒他！」

「我就是說了，你也做不了主，」程嬰嘆了口氣：「你在書房裡看看書吧！我往後堂去去再來。」臨走時，他有意留下了手卷。

「咦？這手卷裡畫的是什麼？」程勃果然好奇的展開桌上的手卷，仔細看了起來：手卷始處，有個穿紅衣的人，拉著一頭惡犬，撲向一個紫衣人；又有個拿瓜鎚的人，打死了惡犬……接著是一個將軍，面前擺著弓弦、藥酒和短刀三件，結果以短刀自刎；又有個醫生，手扶著藥箱跑著，旁邊一個婦人抱著個小孩兒，接著取下裙帶自縊死了……

「這到底是怎麼回事？爹爹可不可以說給孩兒知道？」程勃等程嬰回房，急切的追問。

「你要我說這樁故事？倒也

和你有關係呢！」

藉著這個機會，程嬰細說從頭：「孩子啊，原來你還不知呢！那穿紅衣的正是奸臣屠岸賈，趙盾是你祖父，趙朔是你父親，公主是你母親，我是存孤棄子的老程嬰，趙氏孤兒便是你！」

「那趙氏孤兒就是我嗎？」程勃悲痛欲絕：「拚著一死，我也要生擒那個老匹夫！要他償還我一朝的巨宰❶，和我那合宅的家屬❷！

我要摘了他斗來大印一顆，剝了他花來簇幾套服，把麻繩背綁在將軍柱，把鐵鉗拔出他爛斑舌，把錐子生挑他賊眼珠，把尖刀細剮他渾身肉，把鋼鎚敲殘他骨髓，把銅鍘切掉他頭顱！我將這二十年積下冤讎報，三百口亡來性命償！」

第二天一早，程勃將當年慘遭滅門之痛的事情，一五一十奏知在位的悼公，要求擒拿屠岸賈，雪父母之仇。悼公也認為屠岸賈損害忠良，百般擾亂朝綱，應治重罪，只是他掌握重大兵權，如果打草驚蛇，恐會引起叛變，便派上卿魏絳傳命，要程勃暗中行事，捉住奸賊，成功之後，另加封賞。

程勃受命後，立刻趕到鬧市，準備半途攔截正從元帥府回家的屠岸賈。

注❶ 指當年在朝中的權力地位。
注❷ 被株連滅族的所有家人。

「屠成，你來做什麼？」屠岸賈見義子當道站立，不禁喝問。

「老賊，我不是屠成，也不叫程勃，我是趙氏孤兒！二十年前你將趙家三百口滿門良賤，誅盡殺絕。我今日擒拿你這個老匹夫，報趙家的冤讎！」

「是誰說的？」屠岸賈大驚失色！

「程嬰說的！」

作惡多端、狠毒奸險的屠岸賈，哪裡會預料得到，眼前這個喊他「義父」，賜名屠成的義子，竟是他二十年前想要斬草除根的趙氏孤兒呢？

屠岸賈被判了死罪，趙氏孤兒也終於報了血深如海的冤讎。

〈趙氏孤兒大報讎〉的元代劇作家紀君祥，生平事蹟也不可考，但他創作的這部作品，可以說是中國戲劇中最知名的大悲劇。整齣戲劇力萬鈞，緊張的情節加上角色悲憤的情緒，能帶給觀眾極強大的渲染力，讓觀眾隨著故事的推展一起大悲大喜。

「趙氏孤兒」故事源自《左傳》、《史記．趙世家》，後世有不少文學家、創作者都對孤兒趙武的題材充滿興趣，但紀君祥為史料增添情節、擴大衝突，將其中的人物角色描摹得栩栩如生。深明大義、正氣凜然的程嬰和公孫杵臼，對比殘酷凶惡、毫無人性的屠岸賈，劇情扣人心弦、感人肺腑。

10 西廂記：崔鶯鶯和張君瑞的故事

原著／元・王實甫

張君瑞是個年輕俊秀的書生，父母親都先後亡故了，獨留他一人，湖海飄零，處處為家。

這一年春天，他路經河中府，準備到蒲關拜訪好友杜君實。想起這個當年同郡同窗的結拜兄弟，現在已經是統領十萬大軍、威風凜凜的征西大元帥了。而自己呢？雖然螢窗雪案、刮垢磨光，學成滿腹文章，至今卻連個起碼的功名也沒有。看來，拜訪了老朋友後，也是應該進京應考，為自己的前途打算打算了。

張君瑞騎馬進城，安排好了投宿的客店，便抽空到附近的普救寺散散心。這所寺院建築十分宏偉，他一路隨著小和尚參觀，口中讚賞不已。就在他正要轉向佛殿，迎面撲來一陣清

香，出現在眼前的，竟是一位貌美如仙的小姐。

「小姐，那裡有人，我們走這裡。」正說著話的，是跟隨在小姐身邊的一名丫鬟，也長得十分可愛。

張君瑞失了魂似的呆立著，直到美麗的身影消失了，才回過神來問：「剛才是觀音現身嗎？」

陪著他來的小和尚笑著回答：「別胡說，這是崔相國家的小姐啊！」

「世間有這等女子，豈非天姿國色？」張君瑞被深深的吸引住了。

原來，這位崔小姐，小字鶯鶯，芳齡十九，是崔相國的獨生千金女兒；而那伴隨在身邊的女孩，喚作紅娘，是鶯鶯自小一起長大的貼身丫鬟。

崔相國不久前因病亡故，崔夫人帶著女兒扶柩到博陵安葬，因路途遙遠，先將靈柩停在普救寺後，暫時借住在西廂下的院落。

「唉呀！讀書求取功名有什麼意思呀？小生便不往京都去應舉罷！」

神魂顛倒的張君瑞，為了佳人，當下向寺裡長老租下靠近西廂的一間僧房，以早晚溫習經史為名，其實是想藉機親近。

這天，張君瑞打聽出鶯鶯小姐要到道場焚香上齋拜祭亡父，便特別守在寺裡。當他一見紅娘走過來，立刻迎面恭敬的問：「小娘子可是鶯鶯小姐身邊的侍女嗎？」

「我就是，請問有何貴幹？」

「小生姓張，名珙，字君瑞，本籍西洛人也，年方二十三歲，正月十七日子時生，還沒有娶妻……」張君瑞沒頭沒腦的就來上這麼一段自我介紹。

「誰問你這些？」紅娘莫名其妙。

「請問鶯鶯小姐常出來嗎？」

紅娘一聽，生氣的說：「還虧先生是個讀書人，難道你沒有聽說過嗎？『男女授受不親，禮也。』再說：『非禮勿視，非禮勿聽，非禮勿言，非禮勿動。』你問這話，是何用心？你在我面前沒禮貌也罷，若是我家夫人知道，絕不甘休。今後該問的問，不該問的不准胡說！」

這頭張君瑞訕訕而退，那頭紅娘卻當作一件稀奇寶事說給鶯鶯聽：「小姐，我告訴你一件好笑的事。前幾天我們在寺裡見到的那個秀才，今天也到方丈那裡去。他在門口等著我，一見面就深深鞠了個躬說：『小生姓張，名珙，字君瑞……還沒有娶妻……』真不知道他心裡想些什麼哩？世界上竟有這種傻瓜！」

鶯鶯聽了只是抿起小嘴兒笑：「紅娘，你可別對夫人說。天色晚了，去安排香案吧！我們到花園燒香去。」

夜深人靜，月朗風清，寺廟裡的眾僧侶都睡了。紅娘在太湖石畔擺了香案，崔鶯鶯在月下焚香祝告。鶯鶯深深的拜了兩

拜，卻說不出話來，只輕輕的嘆口氣，倚著欄杆坐下，似有無限心事。

「月色溶溶夜，花蔭寂寂春；如何臨皓魄，不見月中人？❶」

咦！誰在牆角吟詩？

紅娘輕呼：「這聲音便是那二十三歲不曾娶妻的傻瓜！」

這還用說，是住在西廂側的張君瑞啊！

「好清新的詩，我依韻作一首。」才華出眾的鶯鶯小姐，自從那天在寺裡遇見了一表人才的張君瑞，心中便已留下了好印象，再加上他對紅娘說的那番話，心中更增三分好感，也對吟出了：「蘭閨久寂寞，無事度芳春；料得行吟者，應憐長嘆人❷。」

張君瑞聽出了小姐詩中的情意，不禁越牆而出，想會面傾訴心中愛慕。

「小姐！有人來了，我們快走吧！夫人知道了會生氣的。」

鶯鶯聽見紅娘的叫喚，話也不敢多說，急急轉身走了，剩下張君瑞，癡癡呆呆的立在庭院裡，空對一輪明月。

崔鶯鶯自那夜見了張生，也茶不思飯不想，害了相思病。

注❶「月光下，花影中，清靜孤寂一片。怎麼只見到光亮的明月，卻不見月亮裡的人？」

注❷「在深閨中虛度青春，覺得無聊、寂寞，剛才吟詩的人，是在憐惜我這個長吁短嘆的人吧！」

卻沒想到，有個專門劫擄良民財物的孫飛虎，因為聽說了崔鶯鶯的美貌，竟率領了五千人馬，連夜進兵河中府，圍住普救寺門，鳴鑼擊鼓，搖旗吶喊：「寺裡人聽著，限你們三天之內將鶯鶯獻出來。否則的話，就把寺廟燒得一乾二淨，不留一個活口！」

「這可怎麼辦？」崔老夫人急得團團轉。

鶯鶯看到母親憂心焦慮的面容、憔悴緊張的神色，覺得這場災禍都是因自己而起：「就讓女兒犧牲吧！去嫁給那個賊頭好了。」

「那怎麼行？」老夫人哭著說：「崔家無犯法之男、再婚之女，怎捨得把你獻給賊漢？豈不辱沒了我們的家譜！」

「母親，孩兒想出了一個法子。」崔鶯鶯比較冷靜了，就跟崔老夫人商議一個辦法。

「這個辦法雖然不是很好，但也強過陷入賊人手中。」老夫人嘆了口氣，請來長老在法堂上當即宣布：「兩廊僧侶，但有退兵之策的，鶯鶯與他為妻。」

「哈哈，妙極了！我有退兵之策，何不問我？」張君瑞大喜過望，覺得機會來

了，很有信心的毛遂自薦。

「是什麼計策？」老夫人問。

「請夫人、小姐安心，看我的好安排。」

崔鶯鶯一看是他，心中更是念個不停：「但願這人能退了賊兵。」

張君瑞先請出了長老，要他出去對賊將說：「因小姐有父喪在身，請按甲束兵，退一舍❶之地，三天過後，一定脫了孝服，送出小姐。」

暗中，他又派了一個魯莽的小徒弟，冒險帶著書信趕赴蒲關，向好友白馬將軍杜君實求援。

杜君實聽說好友有難，果然即刻率兵救援，孫飛虎措手不及，被捉住斬首示眾。一場可能釀成巨禍的悲劇，就在張君瑞的計策下消弭了。

賊兵既退，崔老夫人果然排了酒果、列著笙歌，出面邀請張君瑞到西廂會面。

「紅娘，去請小姐出來和先生行禮。」老夫人吩咐下去。

張君瑞滿懷喜悅。他想：「一心愛慕的意中人，即將要做他的妻子了。」只見小姐不勝嬌羞的走出來。

「鶯鶯，向你哥哥敬酒。」不知怎的，老夫人竟令鶯鶯稱呼張生為哥哥。

注❶ 一舍是三十里。

「老夫人，當初您不是答應：『能退賊者，以鶯鶯妻之。』小生挺身而出，才免了這場禍害。我本以為夫人今天命小生赴宴，將會告訴我，我與小姐成婚的喜日。可是，夫人為什麼又要我們以兄妹之禮相待呢！」

崔老夫人回答：「先生的確是我們崔家的救命恩人，只是先夫曾允諾過姪兒鄭恆，只因我家居喪未滿，所以沒有成婚。不如我換以錢財酬謝先生，不知意下如何？」

「既然夫人食言，錢財對我來說又有什麼用？」張生又失望又生氣。

「紅娘，扶你哥哥去書房中歇息，有話明日再說吧！」

出了房門，張生「撲通」一聲下跪在紅娘面前求情：「我為了你們家小姐，晝夜忘餐廢寢。哪裡想得到，老夫人如今忘恩食言，智竭思窮。紅娘，請你可憐可憐我，將我的心意告訴小姐；如果你不答應，我就解下腰帶，尋個自盡！」

「怎麼有這種傻念頭！別慌，我幫你想個法子。」紅娘笑說，「這樣吧！今天晚上我和小姐到花園燒香，你帶著琴去。你聽到我的咳嗽聲，就開始彈琴，看小姐有些什麼反應，我明天再告訴你。」

張君瑞聽言離去。當天晚上，小姐和紅娘到花園燒香，他就隔著牆演奏一曲司馬相如的「鳳求凰」。

「啊！彈得真好！」多情的小姐，不禁感動得流下淚來。

「小姐，夫人找你呢！咱們走吧！」紅娘又來催了。

自從那晚月下彈琴傾訴相思之情後，張生便病倒了。

鶯鶯聽說張生害病，心裡急得很，便暗中央了紅娘去探病。

「小姐既有見憐之心，能不能麻煩你幫我轉交一封信，小生日後一定重重酬謝！」

「哎！誰要你的錢財，我可不是為了這個來的。」紅娘對張生說：「放心吧！這封信我一定會轉的。你應當以功名為念，不要因此折了志氣！」

讀了信的小姐，嘴裡雖然罵著：「我是相國的小姐，誰敢將這簡帖來戲弄我？」手裡卻是急忙取了筆回了信。

「怎麼說？」紅娘把回信送去給張生，她也很好奇。

「是四句詩，」張生喜孜孜的念著：「待月西廂下，迎風戶半開，拂牆花影動，疑是玉人來。」

「鶯鶯小姐的意思，就是要我跳過牆頭和她見面哩！」

誰知道，當張生依約跳過牆頭，鶯鶯小姐卻生氣的斥罵起：「張生，我在這裡燒香，你無故來這裡做什麼？紅娘，有賊！扯他到夫人那裡去！」

「小姐，這樣不大好吧？我們罵他一頓也就算了。」紅娘連忙求情。

張生在花園中不明不白吃了一場氣回去，病情就更加重了。

「小姐啊！你可真是害人不淺呢！」紅娘也不禁說起鶯鶯

的不是了。

「張生病重，我有一個好藥方兒，你替我送去。」

「小姐，你又來了！」紅娘不肯。

「這帖藥方是一定有效的。」

果然，當張生看了紅娘轉來小姐的親筆藥方，眉開眼笑，病也好了一半似的：「鶯鶯小姐今晚是真的願意見我的面了。」

張君瑞等啊等的，靠著門邊，托著腮，直著眼，心都快跳出來了。

人間良夜靜復靜，天上美人來不來？

有人輕輕的敲著門。「是你前世的娘。」是俏皮的紅娘。

「小姐來了嗎？」他急切的問。

「那不是嗎？」紅娘朝門外一指：「張生，你要怎麼謝我？」

「小生一言難盡，寸心相報，惟天可表！」

當夜，鶯鶯小姐和張生背著老夫人成了夫妻。

「紅娘，你照實說，不實說，我打死你！誰要你和小姐到花園裡去的？」

紙包不了火，老夫人終於知道了真相，氣得狠狠毒打紅娘。

「這不是張生、小姐和紅娘的錯，是老夫人的錯。」紅娘毫不客氣的說。

「俗語說，信用是做人的根本。當時強盜圍住普救寺，老夫人明明答應誰能退敵，就可以娶小姐為妻，結果您卻不守承諾，這不是失信忘義嗎？

再說，您不肯答應這門婚事，就應該令張生離去，不應該讓他繼續住在書院，製造他們親近的機會。現在小姐私下許了張生，老夫人若不成全他們，一來辱沒了相國家聲，二來張生如果將來功成名就了，怎麼受得了這種侮辱？

打起官司來，老夫人也有治家不嚴之罪。何況，追問下去，老夫人背義忘恩的錯也會抖出來。小紅娘不敢自作主張，還指望老夫人明鑑。不如寬恕小姐和張生，成全了他們吧！」

事已至此，老夫人無辭以對，想了又想，便召來女兒和張生說：「張生，我答應鶯鶯嫁給你，不過，我們崔家一向不招

白衣女婿，你明天就進京應考去。我幫你養著媳婦，得了官，再來見我；落第的話，就別回來了。」

第二天一早，老夫人便在十里長亭排下筵席為張生餞行。「青霄有路終須到，金榜無名誓不歸。」依依惜別了美麗的妻子，滿懷離情的張生，到京城應試去了。

後來張君瑞果然金榜題名，準備回來迎娶鶯鶯小姐，中間還差點被以前訂過親的鄭恆從中破壞；還好，經過紅娘和白馬將軍的幫助，鄭恆的詐計被拆穿，張君瑞才得以和崔鶯鶯團圓，終於「天下有情人成了眷屬」。

一般雜劇大多只有四折，不過〈西廂記：崔鶯鶯和張君瑞的故事〉則是一部有二十一折的大戲。創作這齣戲的元代劇作家王實甫，因為當時的社會地位不高，所以沒有詳細的生平記載，但從這個故事可以看出他描寫人物的功力極深，將張君瑞的痴情愛慕、崔鶯鶯的善良多變，以及紅娘的活潑機智表現得極為傳神。也因為紅娘在劇中擔任穿針引線的重要角色，後來「紅娘」便成了媒人的代名詞。

王實甫的《西廂記》源自於唐代元稹的傳奇小說《鶯鶯傳》，以及金代董解元的《西廂記諸宮調》。他以董解元的版本做為基礎，把故事編排得曲折跌宕，並融入古典詩詞，大大提升了這部劇作的文學性。

國家圖書館出版品預行編目（CIP）資料

我們來追劇！必追的中國戲曲十大經典故事 /
桂文亞著；陳昕繪 . -- 初版 . -- 新北市：字畝文
化出版：遠足文化發行 , 2020.08
面；　公分 . --（Story；23）
ISBN 978-986-5505-14-1（平裝）
853.3　　　　　　　　　　　　109001038

Story 023
我們來追劇！
必追的中國戲曲十大經典故事

作　　者｜桂文亞
繪　　者｜陳　昕
社　　長｜馮季眉
編輯總監｜周惠玲
責任編輯｜戴鈺娟
編　　輯｜李晨豪
封面設計｜洪千凡、許庭瑄
內頁設計｜蕭雅慧、盧美瑾、張簡至真

出版｜字畝文化
發行｜遠足文化事業股份有限公司
　　地址：231 新北市新店區民權路 108-2 號 9 樓
　　電話：(02) 2218-1417　傳真：(02) 8667-1065
　　電子信箱：service@bookrep.com.tw
　　網址：www.bookrep.com.tw
　　郵撥帳號：19504465 遠足文化事業股份有限公司
　　客服專線：0800-221-029

讀書共和國出版集團
社長｜郭重興
發行人兼出版總監｜曾大福
印務經理｜黃禮賢
印務主任｜李孟儒

法律顧問｜華洋法律事務所　蘇文生律師
印製｜通南彩色印刷有限公司

2020年8月　初版一刷　定價：330元
ISBN 978-986-5505-14-1　書號：XBSY0023